Opal
オパール文庫

この結婚、なかったことにしてください！
初恋の彼に催眠アプリを使ったら極甘新婚生活が始まっちゃった!?

麻生ミカリ

プランタン出版

※本作品の内容はすべてフィクションです。

第一章　再会と催眠と結婚

　吉祥寺（きちじょうじ）駅北口から、徒歩三分。古いビルの一階にあるホクラニコーヒー吉祥寺店は、ハワイ好きの社長が経営するチェーン展開のカフェだ。

　名前の『ホクラニ』はハワイ語で天国の星を意味する。店の入り口にはハワイで買い付けてきたという古いロングボードが飾られ、白木の木目を活かしたテーブルとエメラルドの壁紙も相まってハワイの海を思わせる。社長の趣味で置かれたレトロな木製のテーブルサッカーは、たまに「写真撮ってＳＮＳに公開してもいいですか？」と尋ねられることがあった。

「いらっしゃいませ。ご注文はお決まりですか？」

　この店で、更家凛世（さらやりせ）は今日も朝七時から働いている。開店時間は八時だが、早番のときは一時間前に来て店内の清掃をするのが日課だ。逆に遅番のときは閉店時間の二十一時以降に、精算業務と店の戸締まりをするため、店を出るのが二十二時になる。

不規則なシフトと、土日祝日にあまり休めない点はさておき、凛世は憧れていたコーヒーショップの店長として毎日仕事に励んでいた。

凛世が幼いころ、父はコーヒー豆専門店をやっていた。店に連れていってもらったのは一度きりだったけれど、父に抱き上げられるたび鼻の奥まで感じるコーヒーの香りが大好きだった。

六歳で父が他界したため、凛世には父の記憶があまりない。その分、コーヒーの香りだけが鮮やかに思い出されるのかもしれない。

まだ小学校にも上がらない凛世に、父はよく言っていた。

『凛世、コーヒーが好きな人に悪い人はいないんだぞ』

今にして思えば、父なりの冗談だったのだろう。けれど、凛世は素直に父の言葉を受け止めて生きてきた。実際、コーヒー好きで悪い人には出会ったことがない。

「ドリップコーヒー、ホット、トール、テイクアウトで」

「七二〇円になります」

「QRコードで」

「かしこまりました。バーコードを読み取らせていただきます」

カウンター内では、アルバイトの木原夢見（きはらゆめみ）が慣れた手付きで商品の準備をしている。夢見は大学二年生。吉祥寺店のオープニングスタッフとして採用され、週に三日から四日のペースでバイトを続けていた。遅刻や欠勤の少ない子なので、シフトの安心感がある。

「商品は、あちらのランプのあるテーブルでお渡しします。進んでお待ちください」

出社前の会社員たちが列をなす、朝の店内は混み合っていた。いつもの平日、顔なじみの常連客たち。

凛世は、いわゆるオフィスで働いた経験がない。大学を卒業後、都内に当時十五店舗を経営していたホクラニコーヒーに就職し、これまでに新宿(しんじゅく)本店、市ヶ谷(いちがや)店、立川(たちかわ)店に勤務した。昨年吉祥寺店のオープンにともない、店長を任されたのだ。

入社から五年が過ぎ、今ではホクラニコーヒーは都内三十店舗、関東近郊の出店も拡大してきている。

――皆さん、今日も一日がんばってください！

手際よくレジをこなしながら、凛世は客を見送る。

平日、朝八時から九時の一時間はひっきりなしに注文が入る。この時間は圧倒的にテイクアウトが多い。九時から十一時までは、店内でモーニングを食べる客が増える。ホクラニコーヒーは、食事メニューもなかなかおいしいと評判なのだ。

「店長、アイスティーの補充に行ってきます」

「お願いします」

朝のテイクアウトが落ち着いて十時を過ぎたあたりから、バイトの子たちを順番に十五分休憩に送り出す。ランチタイムに活躍してもらうため、多少余裕のあるときに体を休めてもらうのが肝要である。

休憩を定期的にとらないと、仕事の効率が落ちてしまう。店長研修の際に、そのあたりはしっかりと教え込まれた。

実際、こうした業態のコーヒーショップでは、スタッフのほとんどをパートとアルバイトでまかなっている。小規模店舗の吉祥寺店には、凛世のほかに社員はいない。

アルバイトの待遇が悪いと接客の品質が下がることは、本部の統計資料に記されている。凛世は、この吉祥寺店を居心地のいい場所にするため、バイトの子たちに誠実な対応をすることを心がけてきた。

その甲斐あってか、吉祥寺店ではスタッフの入れ替わりが少ない。夢見のほかにも、オープニングから続けてくれているバイトが八人、今年になって新規で採用したバイトが四人。最少人数ではあるものの、少数精鋭の信頼できる者ばかりだった。

「アイスティー、冷蔵庫に補充しておきました」

「ありがとう、夢見ちゃん。休憩どうぞ」

「行ってきます」

夢見がバックヤードに消えると、入れ替わりでそれまで休憩していたパート主婦の新野(にいの)

由香里が戻ってきた。

「店長、戻りました」

「おかえりなさい。新野さん、来月のシフト希望、提出ありがとう。いつも早めに出してくれるから助かってます」

「え、そんな。こちらこそ、吉祥寺店は雰囲気がよくてありがたいですよ」

由香里は、学生時代にもほかの店舗でバイトをしていたという。経験があり人当たりのいい彼女には、オープン時からスタッフを支えてもらっている。

「週末には、シフト調整終わると思うのでもう少し待ってくださいね」

「よろしくお願いします」

そんな会話をしていると、ロングボードを飾った入り口からひとりの男性が店に入ってきた。時刻は午前十一時二分。ランチタイムの混雑にはまだ早く、店内は空いていた。

由香里がテーブルを拭くためにカウンターを出ていく。指示がなくても自分で仕事を見つけて動けるスタッフが多い――とは、本社の視察が吉祥寺店を評した言葉だ。

「いらっしゃいませ。ご注文はお決まりですか?」

レジ前に立つと、凛世は長身の青年に声をかける。仕立てのいいスーツを着た人物だ。左手首の腕時計は、スイスの有名ブランドに間違いない。

「水出しはありますか?」

低くかすれた声が、妙に甘く鼓膜を震わせる。ふと顔を上げると、一瞬目を瞠るほどの美形だ。黒髪は丁寧にセットされ、自然な凛々しさを感じさせる眉が左右対称に弧を描く。目尻がきゅっと上がったアーモンド型の双眸と、精悍な輪郭。ファッション誌から抜け出してきたような佇まいに、凛世はかすかな胸騒ぎを覚えた。

「ホットとアイス、どちらもご用意がございます」

「じゃあ、アイスで。サイズはトール」

「かしこまりました。店内でお召し上がりでしょうか？」

「いや、テイクアウトで」

「八一〇円になります」

長財布からカードを一枚取り出すと、彼が支払いを済ませる。

手が大きい。指が長い。爪の形がきれいだった。

――なんだろう。初めて見るお客さまだけど……。

凛世が当惑しているのは、彼が人並外れた美貌の持ち主だからでも、高級品を身に着けているからでもない。既視感があるのだ。

レシートを手渡すときに、目が合った。美しい黒い瞳は、どこか厭世的な雰囲気を感じさせる。

仕事柄、店に来る客の顔は覚えていた。常連にいたってはコーヒーの好みまで把握している。だから、凛世が働いているときに彼が来店したのはこれが初めてだろう。見覚えがある理由が思いつかない。もしかしたら、芸能人か、有名人か。こちらが一方的に顔を知っているのだろうか。

――こんなにきれいな男の人なら、一度会ったら忘れない気がするんだけど。

「お待たせいたしました。水出しアイスコーヒーのトールサイズです」

朝の混雑時と違い、凛世は自分でコーヒーを準備してレジ前で袋に入れて差し出した。

大きな手が紙袋を受け取る。

「ありがとう、更家さん」

「えっ……？」

なぜ、この人は自分の名字を知っているんだろう。

驚きに硬直した凛世を残して、彼は何事もなかったように店を出ていく。まっすぐに伸びた背中が、正午前の陽光を受けてやけに眩しい。

レジに残された凛世は、しばらくぼうっと彼の背中を見送っていた。いつの間にかテーブルを拭き終えた由香里が戻ってきて、「店長」と小声で呼びかけてくる。

「あ、はい」

「今のお客さま、すっごい美形でしたね……」

「そう、でしたね」

「それに、店長のネームプレートまでチェックしてお礼を言ってたじゃないですか？　感じがいいっていうか、そつがないっていうか。うーん、美形は言動まで美しいんですね」

——あっ、そうか。

由香里の言葉に、彼が自分の名字を呼んだ理由がわかった。黒いブラウスの左胸に漢字とアルファベットの二種類の表記をしたネームプレートをつけている。知り合いでなくとも、それを見れば凛世の名字がわかって当然だった。

やはり、知り合いではなかったのかもしれない。

——でも、どこかで見たことがあるような……？

その日は、夕方までずっと彼の姿が脳裏にちらついた。

・・・・・┃・・・・・・・・・・・┃・・・・・・

十五時半、早番の勤務時間を終えてバックヤードで売り上げを確認してから凛世は帰りのしたくをしていた。朝早くから働いたぶん、通勤ラッシュに巻き込まれず夕方前に帰宅できるのはカフェ店員のいいところだ。

店の制服を脱ぎ、通勤用のワンピースに着替える。仕事中は結んでいた髪を下ろすと、鏡に映る自分の姿が目に映った。胸の上まである黒髪と少し切りすぎた前髪。化粧は肌を整えるだけで、アイメイクは色味を押さえている。小柄で童顔のため、年齢よりも幼く見られがちなのは悩みのタネだ。

――早番の日は、どうしても顔色がいまいちなんだよね。

学生時代から、貧血気味で低血圧なのは変わらない。たまに色白なのを褒められることがあるが、日に焼けるとすぐ真っ赤になってしまうので、冬場も日焼け止めが手放せない。本人としては、それほど嬉しいことでもなかった。

――そろそろファンデ買わないといけないんだった。帰りに買おうかな。でも、あと数日はいけそうだし……。

さて帰ろうかとロッカーを開けて、バッグを取り出す。すると、バックヤードのドアが開いてバイトの長谷勇気が入ってきた。

「店長、もう帰っちゃうんですか？」

「帰りますよ。明日も早番だからね。早く帰って早く寝て、早く起きるんです」

「元気すぎだし、早くって言いすぎ。店長、ほんと店のこと愛してますよね」

春から大学四年になる長谷は、親戚の経営する企業に就職することがすでに決まっている。そのため、あと一年はバイトを続けると聞いていた。彼は、吉祥寺店の明るく楽しいムードメーカーだ。

「あ、そういえばアレ知ってます？　催眠アプリ」

「催眠、アプリ？」

　眉根を寄せて怪訝な顔をした凛世に、長谷がエプロンのポケットから取り出したスマホを見せてくる。

「これ。最近流行ってんですよ」

「……催眠術が簡単にかけられる、って。なんか怖いんだけど」

「ぜんぜん怖くないですって。寝付き悪い友だちとか、これで改善したって言ってました」

　なんとなくうさんくさいと思いつつ、一度試してみてくださいよと言われて、凛世はその場で催眠アプリなるものをインストールした。最近は、こんな奇妙なアプリが流行っているのか。

　社会人になってから、使うアプリはスケジュール管理と時間つぶしのパズルゲームばかりになった。学生のころは、もっといろんなアプリを入れていた気がする。

「じゃ、お疲れさまです。俺は仕事に戻りまーす」

「はい。お疲れさまでした」

　長谷が店に戻っていき、スマホをバッグにしまおうとすると手の中でブ、ブ、と小さく振動する。中学からの友人たちのグループトークにメッセージが届いていた。

「えーと、同級会のお知らせ……？」

メッセージと共にクラス写真が送られてきている。

それを見て、不意に脳の回路がつながった。

「あっ！」

――昼前の美形って、もしかして明日見(あすみ)虹大(こうだい)くん⁉


中学三年生の春。

クラス替え直後の教室では、女子の視線が一箇所に集中していた。

出席番号二番、廊下側の前から二番目に座る彼――明日見虹大は、学年一の有名人だった。

周囲の注目を気にする素振りも見せない、涼しげな横顔。すらりとしなやかな少年体型に、大人びたまなざし。クラスのほかの男子とは違う憂いのある表情が印象的な彼には、両親が芸能人だという噂があった。

凛世は過去二年、彼と同じクラスになったことがなかったのできれいな顔の男の子としか認識していなかった。

「あっ、凛世ちゃん。今年も同じクラスだね。よろしく！」

「加恵(かえ)ちゃん」

昨年も同じクラスだった、チア部の加恵が声をかけてくる。彼女は友人が多く、いつも彼氏が途切れないいくらいおしゃれで目立つ子だ。

加恵の紹介で、未央と志都香と四人で過ごすようになり、中学最後の一年が始まった。積極的な友人たちに囲まれながら、凛世は平凡な日々を送っていた。調理部の副部長と保健委員を兼務する毎日は、それなりに忙しかったように覚えている。

志都香が虹大を好きだと言い出したのは、ゴールデンウィークに入る直前のこと。もともと学年の女子の三分の一が虹大を好きという噂すらあったので、彼に恋する子は珍しくなかった。ただ、ほかの子が虹大と話していると志都香の機嫌が悪くなる。加恵と未央も同調するので、凛世は虹大にかかわらないようにしようと決めてきた。そもそも、彼はあまり自分から人に話しかけるタイプではない。そして、凛世も同様だったので、懸念せずともふたりに接点はなかった。

ただ、直接話さなくとも彼がいかに魅力的な人物かは伝わってきた。

特別目立つことをするわけではない。だが、彼の一挙手一投足に目を奪われる。

英語の発音がきれいで、テキストを持つ指が長い。いつも休み時間にはふらりとどこかへ消え、ひとりでいるのが好きそう。でも、体育の授業ではサッカーでパスをたくさん集めてハットトリックを決めてしまう。彼自身が周りに声をかけなくても、男子が虹大を中心に輪を作る。放課後には、図書室で本を読む。

——男の子って不思議。

虹大には、人を惹きつける何かがある。女子たちが騒ぐのも納得できる気がした。

期せずして明日見虹大と接する機会が訪れた。五月も下旬の体育祭で、学年別クラス対抗リレーのアンカーとしてゴールテープを切った彼は、後続の他クラス男子から激突されて転倒した。あわや、クラス同士のケンカが起こりかけたところで、虹大がゆらりと立ち上がる。

「ねえ、保健委員の人いる？　保健室ってどこだっけ？」

三年間も通っていて、今まで一度も保健室に行ったことがないとは考えにくい。皆が唖然としたところで、凛世はハッとして右手を挙げた。

「保健委員です。保健室、付き添うよ」

「よろしく」

クラス間にみなぎる一触即発の空気をものともせず、虹大は胸元についた土埃を払って歩き出す。それを追いかける凛世の耳に「いいなあ、保健委員」と女子の声が聞こえてきた。

虹大は背が高い。当時、凛世は一五〇センチだったこともあり、彼とは歩幅に差がありすぎた。

――急がないと、置いていかれちゃう。

昇降口で上履きに履き替えて、凛世は急いで虹大のあとを追いかけようとした。けれど走り出したとたん、鼻から何かにぶつかる。

「大丈夫？」

「だ、だいじょうぶ……」

ぶつかった相手は虹大本人だった。彼の背中に激突して、転びそうになったところを腕をつかまれた。

「更家、前見てないから」

「そう、かな？」

当たり前のように名字を呼ばれて、一瞬戸惑う。

クラスメイトなのだから、名前くらい知っていてもおかしくない。だが、今まで一度も話したことのない相手から――しかも、明日見虹大から名前を呼ばれるだなんて、考えもしなかった。

「そうだよ。この前も、教室掃除のときに机にぶつかってた」

言われてみれば、そんなこともあったような気がする。だが、虹大がそれを見ていたのは知らなかった。もしかしたら、彼は周囲をよく見ているタイプなのかもしれない。

「今のは、明日見くんを待たせないようにしようと思って」

「……？」

凛世の弁明に、彼がわかっていない表情で二度まばたきをした。

「脚の長さが違うから」

「ああ。俺、怪我してるけどね」

それでも速度に差があると思う？　彼の言葉の行間から、質問が聞こえてくる気がした。

何か言うべきと思いながら考えこんでいると、歩きはじめた虹大がちらりとこちらに振り返る。

「一緒にいる相手を置き去りになんてしない。それに、更家がいないと保健室の場所もわからないし」

「え、ほんとに知らなかったの？」

「保健室なんて普段行かないだろ」

「それはそう……かなぁ？」

今まで、なんとなく虹大のことを遠く感じていた。彼が周囲から一目置かれる存在だったり、女子の多くから好意を寄せられているのもあって、凛世からすると自分とは違う世界の人のように思えたからかもしれない。

——話してみると気さくな人。普通の男子、なんだ。

「保健室は知らなかったけど、更家が保健委員なのは知ってた」

ぽつりとこぼした彼の言葉は、どことなくぎこちなく聞こえる。どういう意味だろうと考えてから、虹大が「保健委員の人いる？」と名前を出さずにいたことを指しているのに気づいた。

——えっと、わたしが保健委員だって知っていたってことなのかな。

「明日見くんは何委員だっけ?」

「……教えない」

「え、な、なんで?」

「俺は知ってたのに、そっちは知らないんだろ。だったら秘密」

前半は拗ねるような口調で、けれど後半はどこかからかう素振りで彼が笑った。

その瞬間。

心臓が、跳ね上がった。

反射的に胸元を押さえそうになるのを、凜世はなんとか押し留める。

——明日見くんがモテるの、わかった！　何気なく女子の心をくすぐってくる！

恋愛は自分とは縁遠いものだと思う凜世ですら、思わずドキッとしてしまう。なるほど、虹大が女子に絶大な人気なのも納得だ。

「あ、保健室ここだよ」

壁のプレートを指差し、凜世はドアをノックする。背後に立つ虹大の気配に、うなじの肌が妙に粟立っていた。緊張している。彼にもわかりそうなほど、鼓動が大きく響いていた。

「そういえば、名前」

「うん？」

「名前、なんて読むの」

凛世の名前は、よく『りんぜ』と読み間違えられる。名字は覚えていても名前は知らなかったらしい。「りせ、だよ」とドアに手をかけて答えた。頭ひとつ背の高い彼が、背後でうなずく気配がする。

「凛世」

「っっ……！」

男子に下の名前で呼ばれるのは、中学生になってから初めてだった。その相手が虹大だなんて、志都香に知られたら事件になる。

――ただ、名前を確認しただけ。名前を呼んだんじゃなくて、読み方を知ったから……。

「覚えた。更家凛世」

凛世の横をすり抜けて、彼が保健室のドアを開けた。

正面の窓から差し込む光がやけに眩しい。まるでたった今、世界が生まれたような気がした。

それから、虹大はときどき話しかけてくるようになった。周囲に人がいないタイミングを選ぶのが暗黙の了解になっていった。五分、十分程度の短い会話。週に一度くらいの会話を、友だちと呼ぶのはなんだか歯がゆい。かといって、ふたりの関係をほかの言葉で表すのも難しい。

凛世は、父親が六歳で亡くなったことや、父がコーヒーを愛していたこと、コーヒー好きに悪い人はいないと言われたことなど、胸の奥の大切な思い出を彼に話した。

虹大も、普段は決して語ることのない両親の話をしてくれた。彼の父親は演劇界では名の知れた演出家だという。母親は舞台出身でここ十年ほどテレビや映画でも活躍している俳優だ。両親について話すのが嫌で、小学校のころから自宅に友人を呼ぶことはなかったそうだ。

「寂しくなかった？」

「別に。そばにいるのは、誰でもいいわけじゃないから」

彼の言葉は、いつも凛世に小さな気づきをくれる。あのころ、虹大はたぶん周囲の生徒たちより少し大人だった。凛世には見えていない景色を教えてくれる彼に、憧れの気持ちを抱かなかったと言えば嘘になる。けれど、それを恋だと認めるには勇気がなかった。友人の好きな人を好きになるのは、中学生の凛世にとっては悪いことだったから。

「卒業したら、アメリカの伯父の家に行くんだ」

あれは卒業式の三日前。

虹大がどこの高校を受験したのか、誰もが知りたがっていた。彼は進学先について何も語らずにいたのだ。

「アメリカって、アメリカ……」

「まあ、たぶんそのアメリカだろうね」

大人びていても、彼も十五歳の少年だった。斜に構えた横顔に、かすかな不安が透けて見えたのを今も覚えている。

「両親が離婚するから、俺は父方の伯父に引き取られる。もともと伯父の養子にって話もあったし、いずれこうなるのはわかってた」

普段より少しだけ饒舌な虹大に、想いを伝えたくなった。あと三日で、卒業したら彼には会えなくなってしまう。十五歳には、アメリカは遠すぎた。

「明日見くん」

「ん」

あの日、彼に想いを告げることはなかった。

その代わりに言ったのは、たしか――。

手にしたスマホが、メッセージを受信してブブ、ブブ、と振動する。

現実に引き戻されて、凜世は画面に目を向けた。

『凛世も参加しようよ』

『久しぶりにみんなで話そ』

中学三年のクラスメイト、未央、志都香、加恵、そして凛世の四人のグループトークだ。

——同級会、明日見くんも来るのかな。今日の彼って、ほんとうに明日見くんだった……？

『うん、行く。楽しみだね』

無難な返信をして、凛世は職場をあとにした。

・・・・・・|・・・・・・・・・・|・・・・・・

東京(とうきょう)メトロ有楽町(ゆうらくちょう)駅の階段を駆け上がると、耳がひりつくほどに空気が冷たい。今年いちばんの寒波に、街を歩く人々はマフラーやストールを身に着けていた。

凛世も、今日は新しいマフラーをおろした。いつもの帰り道とは違う駅へやってきたのは、同級会に参加するためだ。

——ここでいいのかな。間違ってない、よね？

駅から五分ほど歩いたところにあるビルの地下一階に到着して、凛世はそっと引き戸を開ける。店内からは、ぶわっと熱気があふれてきた。アルコールと油のにおい。

「あ、凛世、こっちこっちー」

中学のころから変わらず、いつもみんなの中心にいる加恵が手を振って声をかけてくれた。

「加恵ちゃん、遅くなってごめんね」

開始時間は三十分前だったけれど、バイトの子が遅刻してきたため、凛世がその分をカバーしていたのだ。

——こういうとき、加恵ちゃんが声をかけてくれるからいつも助かるなあ。

もっと積極的に、能動的に動けるようにならなければと思いつつ、凛世はどうにも引っ込み思案なところがある。仕事中はアクティブに動ける。けれど、プライベートではとたんに元の自分に戻ってしまう。

「凛世、遅いよー。待ってたんだよ？」

「ごめんね。仕事でちょっとトラブルがあって」

志都香と未央の間に座らせてもらうと、グラスをわたされた。「ビールでいい？」と、未央がピッチャーを手に尋ねてくる。返事をするより早くグラスに液体が注がれていたけれど、少々せっかちな未央らしくもあった。

「ありがとう」

「それじゃ、凛世も来たからあらためて乾杯！」

った。

「「「かんぱーい」」」

近くの席に座っていた数名がグラスを持ち上げる。それとなく周りを見回したが、虹大の姿はなかった。かすかに落胆しながらも、凛世はそれを顔に出さないよう笑顔を取り繕った。

――中学卒業後、明日見くんは海外に引っ越した。先日の人も、別人だったのかもしれない。十年以上会っていないんだから、今会ってもわからないかもしれないし……。

「ねえねえ、更家さんってホクラニコーヒーで働いてるって聞いたんだけど」

凛世が来る前に、きっとみんな仕事の話をしていたのだろう。

「うん、そう。吉祥寺店で――」

「えー！　ほんとうなんだ？　カフェで働いてるって、まさかアルバイトじゃないよね」

「バイトでもよくない？　ホクラニコーヒー、最近人気あるし、おしゃれな職場うらやましい！」

「え、あ、」

すでにお酒が入っているせいもあって、元クラスメイトたちは盛り上がっている。その速度に追いつけず、凛世は返答に詰まった。

「違うってば。凛世はこう見えて、店長なんだよ？　仕事に生きる女なんだから」

フォローしてくれたのは志都香だ。けれど、言葉にかすかな棘を感じなくもない。そう思うのは気のせいだろうか。

「そうそう。だから、彼氏も作らず仕事に邁進してるんだよね？」

未央の言葉に、曖昧な笑顔でお茶を濁す。この手の話題は、それほど珍しくもない。

二十七歳ともなれば、結婚を意識してもおかしくない、いわゆる妙齢だ。グループの中では志都香が唯一の既婚者だが、未央には長くつきあっている恋人がいる。加恵はいつでも彼氏が途切れない。恋愛の話題がないのは、凜世だけだった。

「社会人になってから、一度も彼氏作ってないんだよ、この子」

「えー、そうなの？　更家さん、結婚願望ない感じ？」

「そういうわけでもないんだけど、仕事が楽しくて……」

「かわいいのにもったいない！」

ひときわ大きな声に、参加した元クラスメイトたちがこちらに注目する。「何？　どしたの？」「誰がかわいいって？」と、聞こえてくる声に凜世は小さく肩をすくめた。

実際のところ、凜世は飲食店の接客業ということもあり、黒髪にナチュラルメイクのつとめてシンプルな外見をしている。ピアスもつけていなければ、ネイルもクリアネイルで、服装だって華やかさに欠けたほうだ。童顔で小柄なこともあり、年齢より若く見られることはあるけれど、決して目立つタイプではない。

今日は都心に来るから、いつもよりしっかりメイクしているものの、それでも地味な自覚がある。集まった元クラスメイトたちは、凛世よりずっとおしゃれでかわいい女の子ばかりだ。

しばし結婚や恋愛の話が続く女子のテーブルで、凛世は黙ってビールを飲んでいた。周りにくらべて自分が仕事にばかりかまけているのはわかっている。恋愛に興味がないわけではないのだが、夢中になれない。恋よりも今月の売上やバイトのシフトのほうにばかり頭が働く。結婚願望がないとまでは言い切れないが、積極的に婚活をしない時点で、やはり自分は恋愛に向いていないのかもしれないと思うこともあった。

「でも、凛世だって大学のころは彼氏いたよね」

「うん。サークルの先輩と少しつきあってた」

「もしかして、あれから誰ともつきあってないの？」

「あー、実は、そう」

二カ月だけの短い恋人。彼は、凛世とつきあっているうちに三人の女性と浮気をしていた。いや、正しくは凛世が本命だったわけではなく、全員に平等に本気だと言っていた。その気持ちがわからなかったのは、凛世が恋愛初心者だからではないだろう。

「あの先輩の件、まだ引きずってる？」

事情を知る、同じ大学だった未央が顔を覗き込んできた。

「ううん。たぶん、みんなの言うとおり、わたしは恋愛より仕事に向いてるのかなって」

「そっか。凛世がそう思うなら、それは別にいいと思う。ちょっともったいないけどね」

友人の微笑みに、凛世はどんな顔をしたらいいかわからなくなった。

恋愛は人生のすべてではない。けれど、一生ひとりで生きていくのは寂しい。誰かを好きになりたい、誰かに好きになってほしい。そう考えたとき、頭の中に浮かんだ人物がひとりいる。普段は思い出すこともなかった。遠い記憶の中の思い出の初恋だったはずなのに。

――中学の同級会に来ているせいかな。

りりん、と入り口扉についたベルが鳴る。開いたドアから、背の高い男性が店内に入ってくると、参加者たちが一斉に立ち上がった。

「明日見！」

「嘘、明日見くん？」

「おせーよ、明日見」

きれいにセットされた黒髪の下、涼しげな目元をかすかにほころばせた美しい男性が右手を上げる。丁寧な仕立てのスーツが、彼のすらりとした体型をいっそう際立たせていた。

「あ……っ」

――やっぱり、あの日、お店に来たのは明日見くんだったんだ！

一瞬、虹大と目が合う。印象的な唇が甘く笑みの形を描くのは、中学生のころと変わらない。けれど、何もかもが違っている。今の彼は、完全に大人の男性だ。

「悪い。遅くなった」

「虹大、こっち座れよ。久しぶり！」

「ああ、ありがとう」

凜世から離れたテーブルに、虹大の席が用意される。もしかしたら会えるかもしれない。そう思っていたけれど、いざ会えたところで話しかけに行く勇気はない。

あれから十二年も過ぎた。連絡先も知らなかった。彼がどこでどんなふうに生きてきたのかも、凜世はわからない。

「ねえ、見た？　明日見くんの腕時計」

「スイスのブランド品でしょ？　すごくない？　なんの仕事してるんだろうね」

「アメリカに留学したんだし、もしかして国際弁護士とか？」

「わたし、聞いてこよーっと」

昔から物怖じしない、クラスの中心人物だった加恵が、グラスを手にして立ち上がる。

「えー、いいな」とは、志都香の声だ。

「久しぶり、明日見くん」

加恵が話しかける声を耳に、凜世はグラスの底に一センチ残ったビールを見つめていた。

遅れてきた虹大に、店内の温度が上がる。男子も女子も、口々に虹大のエピソードを話していた。誰とも特別親しくしていたわけではない虹大のことを、誰もが「自分だけは知っている」ふうに語りたがる。明日見虹大という人は、相変わらず特別なのだ。皆の視線を集める、不思議な雰囲気の持ち主なところは何も変わっていなかった。

いったんは虹大の話で盛り上がったあと、加恵が戻ってくると志都香と未央が凛世に男性を紹介する、と意気込みはじめる。

「いいよ。紹介してもらっても、仕事が忙しくてなかなか会えないだろうし」

「そんなこと言ってたら、すぐ三十になって四十になって、一生ひとりだよ？」

「うーん……」

「凛世、わたしたちは凛世のことが心配なの」

「そうだよ。仕事してたって、みんな恋愛くらいするんだから。凛世もできるできる！」

言っていることはもっともだ。凛世より忙しくても、恋愛している人はいくらでもいる。

そう考えると、自分は怠惰なのだろうかと思えてきた。あるいは、不器用なのかもしれない。いつも、目の前のひとつのことに没入してしまうのだ。仕事に夢中になっていると、休日もぼんやり新メニューの手順や、本社の研修会の予定など、仕事のことばかり考えている。

「ごめん、ちょっとお手洗い行ってくるね」

「あっちの鉢植えの奥だったよ」

「ありがとう」

トートバッグを持って、凛世は席を立つ。仕事帰りで、荷物が多い。そのことをいじられながら、テーブルを離れた。

個室の鏡の前に立ち、手を洗ってタオルハンカチを取り出した。鏡の中に映る自分は、珍しくビールを飲んだせいで頬が少し紅潮していた。

――十二年、かあ。

別にお手洗いに来たかったわけではない。なんとなく、ひとりになりたかったのかもしれない。

――自分では大人になったつもりだったけど、友だちからしたらわたしはずいぶん頼りないのかも。だから、みんな心配してくれる。

でも、紹介を受けるのはやはり気が引けた。うまくいかなかったときに、友人にも申し訳ない。相手の気分を害さないよう、紹介は不要だと説明しなければ。

そんなことを思いながらトイレの個室を出ると、観葉植物の裏になった狭い通路にひとりの男性が立っている。

――え？　明日見くん？

壁に背をつけ、スマホを手にした彼が顔を上げた。癖のない前髪が、さらりと揺れる。

――男性用トイレ、使用中なのかな。

何か言おうかと思ったけれど、トイレ前で話しかけるのもおかしい気がして、凛世はうつむきがちに彼の前を通り過ぎようとした。すると、

「更家さん、無視?」

と、低くかすれた声が鼓膜を震わせる。

中学生のころとは違う、声。

ハスキーだけど甘さの漂う声で名前を呼ばれて、凛世は足を止めた。

「無視じゃないよ。その……トイレの前で話しかけるのもどうかなって。なんとなく……」

「相変わらずだな」

ははは、と彼が笑う。その表情が、凛世の知る中学三年の彼のままだったので、親近感が湧いた。

「これでも二十七歳だから、けっこう大人になったんだよ?」

「見た目はね。でも、思ったより育ってなかった」

一八〇はありそうな虹大に言われると、一五五センチの凛世としてはぐうの音も出ない。高校で身長が伸びることを信じていたけれど、結局平均にはギリギリ足りなかった。

「トイレ、混んでるの?」

「いや。俺は更家さんを待ってた」

当たり前のように言われて、一瞬意味がわからなくなる。

――え、トイレの前で待ってたの？　わたしがお手洗いにいるって、知ってたってこと？

「なんて顔してんの。別にストーカーじゃないよ。更家さんどこって聞いたら、お手洗いって言うからさ」

「だ、だからってこんなところで待ってなくても！」

「ふたりで話したかったんだ」

いっそう、彼が何を考えているのかわからなくなっていく。なぜ凛世と話したかったのだろう。もちろん、凛世は虹大と話したいと思っていた。まさか、その気持ちが透けて見えていた？　いや、そんなことはありえない。だったら――。

「あっ、もしかして、この前お店で会ったの覚えててくれたの？」

凛世の職場に来たのは、間違いなく彼だった。

「なんだ、そっちも気づいてたんだ。だったら、あのとき言ってくれればよかったのに」

「あー、えっと、ごめんなさい。実はすぐ気づかなくて、なんか見たことある人だなーと思って」

「少し話さない？　ここはトイレの前なので、せめて少し場所を変えて」

彼に言われて、店の外に出る。テーブルに戻ったら、なかなか話せないのを彼は気づいていたのだろう。思えばあのころも、ふたりが会話するのは周囲に誰もいないときばかりだった。

地下一階の入り口を出た横に、喫煙ブースが設置されている。その手前に置かれたベンチに並んで座った。店内はエアコンが効いていたけれど、さすがに通路は冷える。

「はー、寒っ」

言いながら、虹大が手にしていたトレンチコートを広げた。考えるより早く、彼はそれをふたりの膝の上にかけてくれた。

「え、いいよ。寒いでしょ？」

「寒いからかけたんだよ」

当たり前のような彼の言い方に、心がくすぐったい。こういう人だった。

「更家さん、中学のころと変わんないなって思ったんだけどさ」

「身長の話なら遠慮します」

「ははっ、まあそれもそうだけど。お父さんが好きだったコーヒーの道を選んだんだなと思って」

「あっ！　そういえば、あのときお店に来てくれたのは偶然だったの？」

「当たり前だろ。なんかさっきから、俺のことストーカー扱いしすぎじゃない？」

「だって、中学の同級生がお店に来るなんてなかなかないことだし」

「ま、それもそうか。地元から吉祥寺ってけっこう離れてるよな」

——覚えていてくれたんだ。

凛世の父がコーヒー好きだったこと。凛世もコーヒーに関わる仕事をしたいと言っていたこと。

十分ほど話し込んでから、唐突に彼が腕時計に目を落とす。

「いつまでも独占してると、更家さんの友人が心配するかな」

「わたしより、明日見くんでしょ。みんな、明日見くんと話したいだろうから」

「なんで俺？」

「なんでって……」

「それとも、更家は俺と話したくないってこと？」

「そんなわけないよ。久しぶりに会えて嬉しい。それに、さっきはちょっと席を離れたかったからちょうどいいっていうか」

急に彼の呼び方が中学生のころに戻る。ただそれだけなのに、距離が近くなった気がした。

「戻りたくない理由でもあった？」

「んー、彼氏がいないのを心配されるのがちょっとね」

「つきあってる男、いないんだ」

「いないよ。毎日仕事ばーっかしてる」

「俺も、そうだった」

――過去形？

トレンチコートの上に置いた両手を、彼がじっと見つめていた。

「明日見くんは、外国に引っ越したんだよね。今は休暇で帰国してるとか？」

「先月末、日本に戻ったんだ。向こうでやっていた仕事、なくなったから」

「そうなんだ」

詳しく聞いていいのか、判断がつかない。さっきまでと違って、虹大は少し苦しそうな顔をしている。何か、言いたくないことがあるのかもしれない。

話題の矛先を変えようと、凛世はトートバッグの中を探った。何か、何か、何か話題になるものは――。

「あっ、そうだ、明日見くん。これって知ってる？」

取り出したのはスマホである。先日、バイトの長谷に勧められて入れた新しいアプリの画面を見せると、虹大が目を見開いた。

「何、これ。アプリ？　催眠アプリって……なんかヤバそうだな」

「違うの。この前ね、大学生のバイトの子が教えてくれたんだけど、流行ってるアプリなんだって。寝つけないときにいい感じに眠れるとか、そういう感じの」

話題を探して取り出してみたものの、凜世自身使ったことがない。さて、どう話を広げればいいのか考えていると、虹大が画面を覗き込んでくる。

「催眠か。更家は試してみた？」

「ううん。インストールしただけ」

「じゃあ、催眠術かけていい？」

「えっ!?」

——明日見くんが、わたしに催眠術をかけるってこと？

当惑していると「じゃあ」と彼がこちらにスマホを向けた。

「だったら、俺にかけてみてよ」

「明日見くんに？　催眠術を？」

「そう。これ、そういうアプリなんでしょ？」

自分から振った話題だ。ここで、やっぱりやめようと言うのもバツが悪い。虹大と凜世は、ふたりでアプリの操作説明を確認した。「次へ」のボタンを押していくだけで、簡単に催眠状態になると書かれている。ただし催眠術はかならずいつでもどこでも誰でもかかるわけではない、とも記されていた。

——ほんとうに催眠なんて素人ができるとは思えない。まして、無料アプリなんだから、ジョークみたいなものだろうけど……。

「それじゃ、始めるね」

「よろしく」

開始ボタンを押すと、オルゴール調の音楽が流れてきた。アプリから聞こえる音声のとおりに、虹大が目を閉じて、体をリラックスさせていく。

スマホ画面に「あなたがなりたい自分は？」と白抜きの文字が表示された。

これを見ているのは凛世だけだ。虹大は目を閉じているのだから、見えていない。

――どうしよう。どんな催眠をかけるか、相談しておけばよかった。

彼の薄いまぶたに血管が透けて見える。形良い眉、長い睫毛に、前髪が影を落としていた。

「あの、明日見くん」

「…………」

返事はない。まさか、ほんとうに催眠状態にあるのか。

「明日見くん？」

無防備に目を閉じた虹大を見ているうちに、中学三年のころの気持ちがよみがえってきた。ひそかに想いを抱えていた、あの日々。友人の好きな人だった彼に恋をするのは、許されないことで。

だから、いつだって自分に「明日見くんを好きになっちゃダメ」と言い聞かせていた。

自分の気持ちをごまかして、嘘をついて、彼と過ごす短い時間を待ちわびていた。約束もないふたり。次に話せるのはいつなのか、そのことばかり考えていたセーラー服の季節は、もう決して戻らない。

——あのころのわたしだったら、明日見くんにどんな催眠術をかけたかな。

こんなのは冗談に決まっている。きっと彼は、目を開けたら笑って「なんだよ、それ」と言ってくれる。

だから。

今だけ、ふたりきりの間だけ。

「明日見くんはわたしを——更家凛世を好きになる。すごくすごく好きになって、一生離れられないくらい夢中になる」

催眠アプリの誘導に従って、両手をパンと打ち合わせた。画面には「催眠完了」の文字が表示される。信ぴょう性のない紫色の背景と白抜きの文字が、蛍光灯の明かりに照らされていた。

「どう？　催眠術、かかった？」

——ちゃんと、冗談だよって言わないと。

からかうような口調で言うと、虹大がゆっくり目を開ける。美しい双眸の焦点が、凛世にぴたりと合った。次の瞬間、彼は花が咲くような笑顔で、凛世の手をぎゅっと握った。

「好きだよ、更家」

凛世の冗談への仕返しだろう。わかっていたけれど、理性とは別に心が跳ねる。

「もう、冗談だってば。どんな催眠にするか決めてなかったから――」

「冗談？　俺は本気だけど」

キラキラと輝く瞳が、凛世を射貫く。

「今まで離れていられたのが不思議なくらいだよ。ずっと更家のことが好きだった。だから、もう二度と離れたくない」

「え、あの、ちょっと待って」

握られた手が熱い。それまで冷たい空気にさらされていたから、いっそう虹大の体温を温かく感じてしまう。

きっとそれは、手だけではなかった。心もまた、催眠術「ごっこ」とわかっていてなお、熱を帯びるのを止められない。

「先にふざけたのはわたしのほうだけど、そろそろ冗談やめよう？」

「俺は本気って言ってるの、伝わってないんだな。ねえ、更家。俺さ、今日は更家に会いたくて来たんだ。同級会なんて興味なかった。ただ、更家に会いたかったんだよ」

――嘘、でしょ？

膝の上に置いたスマホの画面にはまだ「催眠完了」の文字が浮かんでいる。こんなアプりでほんとうに催眠術がかかるわけがない。はなからただの遊びのつもりだったのに、まさか彼はほんとうに――。

「もう一生離れないよ、更家」

夢見るように微笑んだ虹大が、凛世を抱きしめた。

緊張と興奮と激しい鼓動の嵐に襲われながら、息を呑む。

「あ、あの、明日見くん……」

――ほんとうに催眠術にかかっちゃったの!?

……………・……………

「とりあえず、そこのソファに座ってて」

「ここが更家の部屋か。なんだか感激だな」

「あんまり見ないでね?」

「気をつけるよ」

JR中央線三鷹駅から徒歩で十七分。駅から近いとは言いがたいし、築四十年という古い物件だが、2DKで月六万円の家賃に惚れ込んで選んだアパートだ。

キッチンに立ちながら、ふと思う。そういえば、この部屋に人を招き入れたのは初めて

催眠
完了

だ。まあ、招待したくてしたのかといえば、なんとも微妙な状況なのだが――。

同級会の途中で、ふたりはこっそり会場をあとにした。凛世は友人の加恵に会費を払って出てきたけれど、虹大はそのあたりをどうしたのだろう。

催眠術にかかった彼をあのまま同級会に放置することはできず、凛世の部屋まで連れ帰った。すでに時刻は二十二時を回っている。彼には自宅に帰ってほしかったのだが「更家と離れたくない」と有楽町駅の改札前でごねられて、根負けした。

――そもそも催眠術なんて、こんな簡単にかかっていいの？　明日見くん、複雑な精神構造っぽいのに？

なんにせよ、二部屋あるアパートに住んでいることを今日ほど感謝したことはない。いざとなったら、彼を泊めてもそれぞれ別の部屋で眠ればいい。

「……催眠術、ほんと、なんだよね……？」

冷蔵庫からミネラルウォーターを取り出し、グラスに注ぐ。

彼が嘘をつきつづける理由はない。凛世をからかうにしては、部屋までついてくるのはやりすぎだ。冗談だったら、もっと早い段階でネタバラしするだろう。

「ありえない……」

「何がありえない？」

急に背後から声が聞こえて、凛世は「ひゃあッ!?」と声をあげた。

「あ、明日見、くん」

「ごめん、驚かせちゃったね」

無邪気な笑顔は、同級会の店に入ってきたときとは別人のようだ。なんなら、中学三年のころよりも少年らしい笑顔である。

――明日見くんって、こんなふうに笑う人だったんだ。もしかして、これって恋人の前でだけ見せる顔？

「グラス、運ぶよ」

「うん。ありがとう」

「どういたしまして」

リビングとして使っている部屋のテーブルに、虹大がふたつのグラスを運んでいく。ひとり暮らしの部屋には、客人用のグラスなんてない。ふぞろいのグラスがテーブルに並ぶのを見て、凛世はとても不思議な気持ちになった。

「あっ！」

――お水を出したかったんじゃなくて、コーヒーを淹れようと思ってたのに！

いったん落ち着くために水を飲もうと思った。だが、客人にミネラルウォーターを振る舞う予定ではなかったのだ。

「ごめん、明日見くん。コーヒーを淹れるつもりだったの。ぼんやりしていて、グラスにお水をそのまま注いじゃった。すぐ淹れるから」

「俺は水も好きだよ」

「そういうことじゃなくてね。お客さんに水を出すのはちょっとね？」

ソファに座り直した虹大が、グラスの水をくいっと飲み干す。軽く呑んだあとだから、水がほしいのは彼も同じだったのかもしれない。

「更家がしたいようにして。俺はいつまでも待ってるから」

「……ありがとう」

――わたしの知ってる明日見くんじゃなーい！

これはすべて、催眠術のせいだ。凜世はそう言い聞かせ、コーヒーを淹れた。


「……うまい！」

「ありがとう」

あらためてコーヒーを運び、凜世はソファではなくテーブルの反対側にクッションを置いて座った。小ぶりのふたりがけソファは、並んで座ったらきっと密着することになってしまう。

隣に座ればいいのに、という虹大を笑顔でかわし、なんとかフローリングを確保した。

背中がテレビに触れそうな距離なので手狭なのは否めないけれど、落ち着いて話をするためには盤石の配置である。

「ほんとうにうまいよ。店のコーヒーより好みだな」

「お店のは、社長の好みに寄せてるの。あれはあれでおいしいけど、結局は味覚ってとても個人的なものだから、万人が好きな味はないよね」

そういう意味では、自宅で淹れるコーヒーは凛世の好みにしっかり寄せたものだ。コーヒー豆には、産地による違いがある。一般的にはコーヒー豆といえばブラジルが思い浮かぶだろう。それもそのはず、ブラジルは世界一のコーヒー豆生産量を誇る国だ。ほかには原産国であるエチオピアや、日本では馴染み深いアメリカンコーヒーから、アメリカを挙げる人もいる。ホクラニコーヒーで扱うのは、ハワイ産のコーヒー豆だ。

凛世が特に好むのは、ケニア産のコーヒー豆である。コーヒーの産地は赤道直下に多く、ケニアも国内に赤道が通っている。しかし、日本国内にはあまり輸入量が多くないため、ケニアコーヒーはそれほど知られていないのが残念だ。

ケニアコーヒーなら、酸味を活かした浅煎りや中煎りが好まれがちだが、凛世のお気に入りは深煎りだった。苦味をしっかり感じられる。特にケニアコーヒーは、深煎りにしたときにスパイシーさを感じられる。フルーティーなコーヒーも美味だが、いかにもコーヒーの風情がある深煎りを粗く挽いてドリップするのが大好きなのだ。

「そういえば、ホクラニコーヒーの社長はハワイが好き?」

「うん。名前でわかった？」

「ハワイ語っぽいなと思ったから、検索した。きれいな名前だな。ハワイらしい音だし、店内の雰囲気もワイキキを思わせる」

ホクラニは、ハワイ語で『天国の星』という意味があると聞く。凛世も初めて意味を知ったときに、美しい単語に感動した。だから、虹大が同じように感じてくれたことを嬉しく思う。

「そう言ってもらえると、店長としてはすごく嬉しいな」

「へえ、更家って店長なんだ？」

「うん、そう。念願かなって、去年から吉祥寺店の店長になったの」

「たくさんがんばったんだろうな。夢をかなえたきみを尊敬する」

「そ、尊敬だなんて、そんな……」

頬が熱くなるのを感じて、凛世は顎を引く。手の中のコーヒーカップに視線を落としながらも、彼の言葉がじんと胸の奥に染みていくのがわかった。

ずっと、ひとりでがんばってきた。

凛世は大学に入学してから九年間、ひとりで暮らしている。家族と仲が悪いわけではない。けれど、父が亡くなったあとに母が再婚をした。凛世が十歳のときだった。義父は優しい人で、のちに生まれた妹と凛世を分け隔てなくかわいがってくれている。

だからこそ、あの家に自分がいることで完全な家族の邪魔になってしまうような気がするのだ。

いつも心のどこかで、誰かの迷惑にならないように、と声がする。環境を、家庭を、亡くなった父を恨んだことはない。不満があるのではなく、自分が誰かの不満の種になってしまうのが怖かった。

「更家？」

「……ちょっと、感動しちゃった。明日見くんって、相手がほしい言葉がわかるみたい。それもアメリカで学んだの？」

涙目なのを見られたくなくて、茶化した言い方を選ぶ。けれど、彼はその程度でごまかされてはくれなかった。じっとこちらを見つめているのが、うつむいたままでも感じられる。

ソファから立ち上がる音がして、虹大が近づいてくるのがわかっても、凛世は顔を上げられなかった。

「更家は、相変わらずだな」

「それ、さっきも言わなかった？」

「言ったよ。相変わらず、優しくて寂しがりやだと思って」

ぽん、と頭を撫でられる。いつもなら、急に触れられるのは相手が誰であっても抵抗がある。少女漫画の頭ポンなんて、憧れたこともなかった。

――でも、結局相手次第なのかもしれない。だって、明日見くんに頭を撫でられても不快じゃない。むしろ、慰めてくれる手を嬉しいって思ってる。

「ごめん、明日見くん」

思い切って顔を上げる。

「ん？」

彼は何ごともない素振りで微笑んだ。

「ちょっと疲れてたから、優しい言葉に過剰反応しちゃった。あ、そうだ。明日見くん、さっきほとんど食べてなかったでしょ。お腹減ってない？　よかったら何か食べる？　たしか冷凍庫に――」

立ち上がろうとした凛世の左手首を、虹大がつかんだ。そして、ぐいと引き寄せる。体が傾いて、思わず悲鳴をあげそうになるけれど、気づいたときには凛世は虹大の膝の上に抱きかかえられていた。

「あ、ああ、あ、明日見くん!?」

夜遅くに男性を部屋に入れたのは自分だ。油断していなかったとは言えない。何しろ、催眠術のせいとはいえ、虹大は今、凛世に好意を寄せている。その彼を部屋に入れたのだから、気持ちを受け入れたと誤解される可能性は――。

「あのさ、疲れてるなら無理しないで。ゆっくりしてよ」

膝の上に横抱きされて、じっと瞳を覗き込まれた。

──ち、近い！　美しい顔が目の前に！

けれど、彼はそれ以上の行動に及ぶつもりはないらしい。凛世を心配してくれているのが表情から伝わってくる。それでも、距離が近すぎるのに変わりはない。

「こんなの、緊張して、ゆっくりできないっ」

パッと顔を背けた凛世を、彼が追いかける素振りで覗き込んでくる。

「俺といるせいで？」

「……当たり前です。明日見くん、わかっててやってるよね？」

「実は、少しだけ」

「もう！」

「でも、更家のことが好きなのはほんとうだよ」

「……っ……！」

──これは、完全に催眠にかかってるとしか思えない……！

ここまで、凛世は迷っていた。彼がほんとうに催眠術にかかっている可能性と、凛世をからかっている可能性を天秤にかける部分があったのだ。

だが、今の彼を前にして冗談でここまでやるとは考えられない。十数年会っていなかったとはいえ、凛世の知る虹大だったらこんな展開にはなっていないと思う。

あんなアプリ、インストールするんじゃなかった。今さら後悔してももう遅い。そう思ってから、ふと気づいた。

アプリで催眠をかけたなら、アプリで催眠を解けばいいではないか。

「明日見くん、もう一度催眠アプリしよう？」

勢い込んで彼の目を見つめた凛世に、虹大が不思議そうにまばたきをひとつ。

「なんで？」

それはあなたが、催眠術にかかっているからです、とは言えない。言ってもいいのかもしれないけれど、まずは現状を打破してからだ。謝罪よりも、今は彼をもとに戻すのが先決である。

「な、なんでも！　とにかくしたいから！」

「更家がしたいならいいけど、疲れているみたいだし今度でも……」

「今！　したいの！」

強く言い切ると、虹大が口元をかすかにゆるめて肩をすくめた。

「……そんなに迫られると緊張するよ」

「せまっ……!?」

誤解を招く言い方だったと気づいても、あとの祭りだ。言われてみれば、「とにかくしたい」「今したい」と、なんともあやしげな発言だった。

「そっ、……んな、つもりじゃなくて、あの」

一瞬で、頬がボボッと熱くなる。メイクをしていても、顔が赤くなっているに違いない。

「わかってる。ごめん、冗談。それで、もう一回アプリをするんだっけ？」

「！　そう、そうなの。アプリやりましょう！」

動揺から敬語になりつつ、凛世はスマホを取り出した。

しかし、場所が異なるだけで同じことを繰り返したはずが、虹大はさっぱり催眠状態にならない。それでも強引に進行したものの、何も起こらなかった。

「これって、ほんとうに催眠術にかかるもの？」

「どう、かな……」

――さっきはかかったんだよ。だから明日見くんは、わたしを好きなんて言ってるんだよ！

はあ、とため息をついてから、凛世は考え込む。あとは何が違うだろう。アルコール？　寒さ？　ほかには何か――。

「まあ、寝て起きたら元通りってこともあるし」

「何が？」

「なっ……なんでもない。なんでもないの！」

――膝の上にわたしがいるから、催眠術がうまくいかなかったとか？

まずは日を置いて様子を見よう。それで駄目なら、あの居酒屋の前まで行ってもう一度催眠アプリを試すことになるのかもしれない。催眠のためだけに、有楽町まで行きましょうだなんて言えるかどうかの問題はあるけれど……。

……――……・……――……

東京でも朝夕の気温が十度を下回り、冬の冷たい空気が肌を刺す。早番の出勤がつらい季節だ。

そして、あの同級会の日から六週間が過ぎた。

「はあ……」

ため息が出るのは、寒さのせいではない。貴重な休日に渋谷駅近辺まで来ている凛世は、マフラーを巻き直して首をすくめる。

――どうやっても、催眠が解けないんだけど！

「奇妙なところだったな。日本でも催眠療法が一般的になってきたのかと思ったけど、前世がどうとか、よくわからないことを言う先生だった」

「そっか……」

そう。目下、凛世の悩みは虹大の催眠が解けないことなのだ。

この六週間、ふたりはすでに催眠術を得意とする占い師や、フリーランスの催眠術師、催眠療法士など、催眠と名のつく専門家のところを十箇所以上回ってきた。今日がたしか十三箇所目。けれど、どれもこれも虹大の催眠を解くに至らない。

アメリカでの仕事を辞めて帰国した虹大は、次の仕事をまだ決めていない。いわゆる充電期間だということで、ある程度時間の自由がきく。インターネットで催眠の専門家を検索し、予約を入れて、彼を連れ回している日々だ。

——ほんとうにどうしたらいいんだろう。あの催眠アプリも、サービス終了したみたいだし……。

一昨日、もう一度アプリを起動しようとしたところ、サービス終了の表示がされていたのである。何か問題でもあったのだろうか。

とにかく、今日は渋谷駅から徒歩十二分ほどの、知る人ぞ知る催眠療法を扱う医師のもとを訪ねた。毎回、今度こそはと期待して出発し、帰り道には肩を落として冬空の下を歩く。

もしも、一生このままだったら。

彼の催眠術が解けず、凛世を好きだと思いこんでいたら——。

そう考えると、罪悪感でよろけそうになる。

——催眠術って、怖い。だって明日見くんの感情を歪めてしまうってことは、彼の未来にも影響する。

昔から、彼は成績優秀で運動神経も抜群で、ただそこにいるだけで周囲の視線を集める人だった。誰もが彼と親しくなりたがり、彼のそばには人が輪をなす。きっとアメリカでも、虹大は成功していたに違いない。

——恋人は、いなかったのかな。

生活拠点をアメリカから日本に移したばかりだと言っていたから、向こうに恋人を残してきた可能性を脳内で排除していた。けれど、遠距離恋愛の場合だってあるだろう。あとから恋人が日本に引っ越してくる算段ということもありうる。

「……明日見くんって、アメリカで恋人はいなかったの？」

隣を歩く彼も、今日はマフラーを巻いていた。黒地にグレーと白の模様が入った、やわらかそうな素材のマフラーだ。

凛世の質問に、彼がかすかに目を瞠った。何か、失礼なことを聞いてしまっただろうか。

「嬉しいよ」

「ん？　何が？」

「更家が俺に興味を持ってくれたのかなって」

「！　そ、それは、普通に会話の流れっていうか……」

しばし黙っていたところからの質問なのに、流れも何もあったものではない。自分でも苦しい言い訳だとはわかっている。

——催眠術の悪影響を懸念していたんだけど、実際に明日見くんに興味がないわけではないし、返答に詰まる！

「更家は？」

「ここ数年は仕事が恋人かな」

つまり、恋人はいない。いたら、少なくともこの状況を相談していただろう。今の凛世には、相談する相手すらいない。よほど信頼できる人でなければ、「アプリを使って催眠術をかけたら、解けなくなっちゃった」なんて言い出すのも躊躇する。

——そもそも、言ったところで信じてもらえるかどうか……。

「だったらちょうどいい」

「何が？」

「こっちの話」

ふっと目を細めて、彼が微笑む。

冬空を名も知らぬ鳥が飛んでいった。凛世はそれを見上げて考える。

彼がもとに戻らなかった場合、自分にできることはなんだろうか。催眠術で、自分を好きにさせてしまった。その『好き』はほんとうの意味での『好き』ではないと感じている。

作られた感情だ。凛世にとっては偽物の恋。けれど、虹大にすれば――。

――わたしの責任だ。

どうやって、この責任を果たせばいいのか。たとえばふたりの性別が逆だったなら、責任をとって結婚するという方法もあるのかもしれない。いや、さすがに平成を飛び越えて昭和じみている。だとしたら、令和らしい責任の取り方を考えなくてはいけない。

「更家、このまま帰る？」

「そのつもりだけど、何か用事ある？」

「よかったら、夕飯でも行かないかなと思って」

「そういえばお腹減ったね。明日見くん、何が好き？」

「俺は更家が好きだよ」

夕飯のメニューについて尋ねたつもりが、突然の甘い言葉に息を呑む。『好き』についで考えた直後に、彼の少しかすれたやわらかな声で伝えられる『好き』はいっそう特別に聞こえてしまう。

「あはは、赤くなった。更家ってかわいいな」

「からかわないでよ。困る、そういうの」

「どうして？　つきあってる人はいないんだよね？」

「それは……そう、だけど……」

催眠術にかかった彼は、ことあるごとに凛世を好きだと伝えてくる。けれど、凛世はそれに対してなんらかの返事をしたことはなかった。

——だって、これは明日見くんの気持ちそのものじゃない。催眠術のせいで、そう思い込んでるだけ。

わかっていても、彼に告げられる『好き』は凛世の心を揺さぶる。思春期の自分が好きだった人なのだから、赤面してしまうのも仕方がない。

「更家は？」

「えっ!?」

——わたしが、明日見くんを好きかどうかってこと!?

好きか嫌いかと言われれば当然好きのほうではあるけれど、それが恋愛的な意味合いのみなのかわからない。なにしろ十二年ぶりに再会したのだ。再会してから十回以上会っていて、中学生のころより長い時間をふたりで過ごしたようにも思うけれど、それとこれとは話が別で——。

凛世の脳内で思考が高速回転する。しかし、速度を上げたところで結論が出るわけでもない。

「更家は食べたいもの、ある？」

「そっちの話……!?」

「ほかに、何かあった？　ああ、俺のことを好きかどうかって――」

「わ、わたし、お肉が食べたい！」

これ以上、話を進められては困る。凜世だって自分の気持ちがわかっていないのだから、返事のできない質問はされないほうがいい。

彼は愛しげに目を細めて、凜世を見つめていた。

「焦ってるのもかわいい」

からかい半分、愛情半分。そんな気持ちが伝わってくる。だけど、凜世には応える言葉が見つからないのだ。

「……もう、知らない」

わざと彼に背を向けると、うしろから右手をつかまれる。

「嘘、冗談だよ。肉料理がメインのお店に行くから大丈夫。さ、行こう」

「う、うん」

虹大の大きな手が、凜世の手を握っていた。彼は手を離す気配はない。このまま、歩いていくのだろうか。

「あの、明日見くん、わたし、手が冷たいから」

「俺はあったかいほうだから、安心して」

「……うん」

そういう意味ではなかったけれど、緊張の中にほのかな安堵があるのも事実だ。

昔好きだった人と手をつないで歩く渋谷は、なんだか知らない街の顔をしていた。

実は、予約してたんだ、と虹大が薄く微笑んで連れていってくれたレストランは、渋谷駅から坂道を十分近く歩いた先にある看板も出ていない隠れ家のような店だった。

東欧風のレトロでキュートな内観とインテリアに、思わず目を奪われる。手書きのメニューがテーブルに置かれ、老婦人が親しげな笑顔で席に案内してくれた。

「明日見さん、お久しぶりですね。また日本にお仕事でいらしたの？」

内装の明るい雰囲気と似た、軽やかな声音の老婦人が虹大に尋ねる。彼はこの店の常連なのだろうか。

「今回は仕事ではなく、プライベートで日本に戻ってきたんです。しばらくはこっちで羽を伸ばそうかと思いまして」

「あら、そうだったんですか。今日はとてもかわいらしいお嬢さんも連れてきてくださって、嬉しいですわ」

人生のしわが笑顔をいっそう美しく彩る。老婦人から微笑みかけられて、凛世もはにかみながら会釈した。

店内の雰囲気からすると、ヨーロッパの家庭料理のお店だろうか。虹大がメニューを差し出してくれたので、目を走らせる。鹿児島黒牛の希少部位を使った鉄板焼が並び、タンシチューや煮込み料理など温かいものもそろっていた。外が寒かったのもあって、スープものに心惹かれる。

そこに老婦人が戻ってきて、

「今日はいいお肉が入ったので、塊肉を叩いてハンバーグの準備もありますよ。タンシチューをかけてお召し上がりくださいね」

と説明してくれる。ハンバーグ、しかもひき肉ではなく塊肉から作ると聞いて、凛世はそれをいただくことに決めた。虹大も同じものにするというので、あとはサラダをシェアして、旬のヒラメのセビーチェ、チーズの盛り合わせを注文する。

飲み物は、アルコールを避けてスパークリングミネラルウォーターを選んだ。

大人数ならまだしも、異性とふたりでお酒を飲むのは関係性によって考えてしまう部分がある。虹大を信用していないというのではなく、自分を律する意味でも言い訳をしなくていい人生を送りたい。何かあったときに、自分の行動のせいで誰かに迷惑をかけるのが怖かった。

「更家、飲まないの？」

「今日はいいかなと思って」

「じゃあ、俺も今日はお茶にしておこう」

「えっ、明日見くんは飲んで大丈夫だよ」

「せっかく好きな子といるんだから、酔ったらもったいないでしょ？」

好きな子、という言葉にメニューの紙で顔を隠す。

どうしてこの人は、こんなに当たり前みたいに言えるんだろう。もともとの彼の性格なのか、それとも催眠アプリのせいなのか。

――どっちにしても、わたしはそういうのに慣れてないの。顔、赤くなっちゃう。

「更家？」

「……その、あんまり言われると照れるといいますか……」

「なんで敬語になってんの」

――照れてるからだよ！

何も言えずに、メニューのうしろで顔を伏せる。考えてみたら、虹大は十五歳から長期にわたってアメリカで暮らしてきた人だ。つまり、自分の意見をはっきり言う文化の中で生きてきている。それはわかっているのだが、言われ慣れない「好き」に笑顔で対応できるほど凛世の対人スキルは高くない。恋愛偏差値においても同様だ。

「ほんとうは、もともと飲むつもりはなかったんだ」

ぽつりと聞こえてきた声は、静かで優しい。

「そうだったの？」

「まあね。さすがに酒の勢いでプロポーズしたと思われたくないから」

「あー、なるほど……」

言いかけて、凛世は顔の前にあったメニューをテーブルに落とした。料理が運ばれる前でよかった。いや、そういうことではない。

——えっ、待って、え？　プロポーズって、何？　プロポーズ……って、プロポーズ!?

現時点でされたわけではないけれど、これはほぼ予告プロポーズである。

「あはは、更家、今すごい全部顔に出てるよ」

「そっ……そんなの、当たり前でしょ！」

「ごめん、予告編だけで緊張させちゃったみたいだ」

自覚を持って、予告を打ってきた。その事実だけがはっきりとわかる。

——このあと、プロポーズするって意味で、明日見くんがプロポーズするということはわたしは返事をしなきゃいけなくて、返事って、えっ……!?

イエスかノー。その間に「ちょっと考えさせて」はあるけれど、最終的にどちらかの結論を出す必要のある状況だろう。

催眠アプリのせいで凛世を好きと思い込んでいる彼を放置するのは、さすがに寝覚めが悪い。だから、ここしばらく虹大と一緒に過ごしていた。催眠術を解ける専門家を求めて都内のあちらこちらへ移動していたわけだが、見ようによってはこれもデートと言えなくもない。

ほんとうに？　と自分に問いかける。

少なくとも凛世の少ない恋愛経験によれば、催眠療法や催眠術師を巡るデートなんて経験がなかった。それを強引にデート側に寄せることに意味があるのか？

——わ、わからない。わたしには何もわからない……！

「更家、ごめんね？」

語尾を上げ気味に、謝る気配のない言葉が鼓膜を震わせる。テーブルを挟んでこちらを見つめる虹大は、幸せそうに微笑んでいた。

「プロポーズするよって予告しておいたほうが緊張しないかなと思ったけど、逆効果だったみたいだ。だから、ヘンに待たせないほうがいいだろうし、今言うよ」

「ま、待って、明日見くん。ちょっと落ち着こう」

凛世は、震えそうな指でグラスを持ち、水を飲み干した。もう一杯、水がほしい。

「落ち着くのは更家のほうじゃない？　俺は落ち着いてるよ」

「わたしだって別に……」

「だって、それ」

彼がにこやかに凛世の手元を指差す。

「俺の水」

「！　ご、ごめんなさいっ」

「いいよ、別に。ここが砂漠で、それが最後の一杯の水でも、好きな子にならさし出す」

──いったい、なんの話なの？

少なくとも、ふたりは今砂漠にいない。ここは東京で、レストランの店内で、たぶん水くらいはいくらでも出てくるはずだ。

「再会してからそれほど時間が経っていないのに、おかしいと思われるかもしれない。だけど、俺にとって更家はほんとうに特別で大切な人なんだ。きみがいないと、生きていけない。これまで離れていられたのが嘘みたいに思う。もしかしたら俺は、更家といない間、生きていなかったのかもしれない」

「…………」

声音はいつもと同じ温度で、やわらかな話し方も普段の虹大なのに。

伝わってくる愛情の量が尋常ではない。催眠状態だとしても、彼が本気でそう思ってくれていると感じられた。

──わたしのせいで、明日見くんがおかしくなってるのに、見捨てるわけにはいかない！

責任を取るというのは、そういうことだ。

凛世は覚悟して、彼の言葉を待った。

「だから、更家。俺と結婚してくれませんか？」

「わかりました。お受けしましょう」

「……え、手合わせ？　俺、決闘を申し込んでるわけじゃないんだけど」

「違うよ！　プロポーズ受けるって言ってるのに、なんで決闘!?」

「ははっ、ごめん、照れ隠し。——ありがと、更家」

テーブルの上の右手を、虹大の大きな手が包み込んでくる。恋愛結婚ではない、と凛世は思っている。ある意味、これは催眠結婚だし、なんなら責任結婚だ。だが、どんな名目を語ったとしても結婚は結婚なのである。

そのあとに運ばれてきた料理は、どれも感動するほどおいしかった。虹大が幸せそうで、いっそうおいしく感じたのかもしれない。

・・・・・・|・・・・・・・・・・|・・・・・・

「………………む、しょく」

「そう。無職」

港区某所。とある低層マンションの広いリビングルームで、凛世はソファに座って懊悩している。

「えーと、確認なんだけど無職っていうのは」

「働いていないという意味で無職だよ」

——わたしの結婚相手は、無職！

しかしながら、無職が住むにはあまりに豪勢なマンションだ。虹大の両親が裕福なことは知っているけれど、二十七歳になる息子の面倒を見ているとは考えにくい。

「ああ、でもね、今は無職というだけでアメリカでは仕事をしていたんだ。そのときに会社を売却したから、日本円でいうと八〇億円くらい資産がある」

無職の土台に、突如札束が積み上がった。しかし、八〇億円というのは、あまりに現実味のない数字すぎる。一、二、三、いっぱい。凜世の給与が手取りで月二七万円。ボーナスや諸々を含めて、年間の所得がおよそ三八〇万前後である。概算でいうと、千六百年働きつづけて稼げる金額が八〇億円だ。

冗談を言うような人ではないけれど、だからといってその金額がほんとうだとしたら働かないのも当然——なのだろうか。

「……いったい、どんな」

徳を積んだらその金額になるの、と尋ねるつもりで口を開いた。けれど、続きは言えなかった。

虹大は明るい声音とは裏腹に、どこか痛みをこらえるような表情で目を細めていたからだ。こちらを見ているのに、彼の目は凛世ではなくそのさらに向こうを見ているように感じる。あるいは、彼のいたアメリカまで心を馳せているのかもしれない。

「もちろん、一生働かずに暮らすつもりはないから、何かしら新しい仕事を考えるよ。たとえば、凛世のためにコーヒー専門店を作るとか？」

「や、いらないから。大丈夫」

「欲がないね」

あまりに強く漂ってくる富裕層の香りに頭がクラクラする。

――ただより高いものはない、ってね。そんなふうに出資してもらったら、対等な関係でいられなくなりそうだもの。

今の時点で、ふたりはすでに対等ではないのだが、そのことを知っているのは凛世だけだ。虹大は、自分が催眠状態にあると知らないからこそ、凛世と結婚しようとしている。その事実を思い出し、凛世は少しばかり気が重くなった。

――結婚のこと、両親も喜んでいたし……。

そこに至る理由はなんであれ、結婚するとなれば家族に報告はする。披露宴はしないと決めたが、実家挨拶は必須だ。

凛世の実父は幼いころに亡くなっているけれど、その後に母が再婚した相手――継父との関係は良好である。継父は凛世のことも大切にしてくれた。年の離れた異父妹も、凛世然だ。
を姉として慕ってくれている。大好きな家族に、嘘の結婚報告をするのは胃が痛いのも当

——嘘、かぁ。

だからといって、「催眠アプリでわたしを好きにさせちゃったから、責任とって結婚するね」なんて言おうものならそちらのほうが一大事である。虹大の両親に対しても同様で、凛世はこれから大芝居を何本も打ちつづけなければいけない。

子どものころから、手のかからない子だと言われて育った。実際にそうだったのかもしれないし、父を亡くして母に迷惑をかけないよう努力してきたようにも思う。

凛世の人生で行動規範をひとつだけ挙げるなら「迷惑をかけない」だ。

家族に、友人に、職場の同僚に、知り合いのすべてと、まだ知り合っていないすべての人たちに、迷惑をかけないように生きていきたい。もちろん、それを完璧に成し遂げたいと言い出すほど驕ってはいない。できる範囲で、なるべく迷惑をかけないよう心がける。絶対に達成できない目標は、自分を鼓舞する意味以外に効力を発揮しないと考えていた。

そういう意味で、少しだけ嘘をつくことで周囲が安心してくれるなら、嘘も悪くない。誰も傷つけない嘘は、嘘ではなく配慮だと思う。欺瞞かもしれない。

——全部が嘘なわけじゃない。わたしは、中学のころたしかに明日見くんに恋をしていた。

突然の結婚とはいっても、同級会で再会して気持ちが盛り上がったなんてよくある話だろう。もともと彼に対して好印象を持っていた。嘘はたったひとつ。彼に催眠術をかけてしまったことだけは、誰にも言えない。

「——……や、更家？」

「は、はいっ！」

考えごとをしていたせいで、虹大の声に気づかなかった。バッと顔を上げると、目と鼻の先に整った顔がある。

「っっ……！」

反射的に顔を背けてから、失礼な態度だったかもしれないと気づいたけれど、一度そらした顔を戻すのも勇気が必要だ。おそるおそる彼のほうに目をやると、虹大は嬉しそうに微笑んでいる。

「あの、明日見、くん」

「うん」

「なんで笑ってるの？」

「笑ってるつもりはないけど、かわいいなと思って」

「か、かわいいかな？　今、わたしはぼーっとして明日見くんの話を聞いていなくて、気づいたら顔が近くてびっくりしたんだけど」

ろうか。

「それが全部かわいい」

でしょ？　と、同意を求められたものの、いったい凛世にどんな返事をしてほしいのだ

少しあとずさって、距離を置く。適正距離でなら、普通に会話ができる。けれど、虹大はあまりに顔が良すぎるため、至近距離ではこちらが冷静でいられない。心拍数が上がり、呼吸が乱れ、確実に頬が赤くなってしまう。そんな姿を虹大に見られるのは嫌だ。

「そ、それはそうとして、この部屋すごいよね。明日見くん、日本に帰ってきてからずっとここに住んでるの？」

「んー、正しくはアメリカで働いているころからこの部屋は持ってたんだ。俺、帰国しても帰る実家がないからさ。毎回ホテルも面倒だしね」

「あ、そっか……」

余計なことを聞いてしまった。

中学を卒業するとき、彼がアメリカに渡った理由は両親の離婚だった。つまり、父と母はそれぞれ別に暮らしていて、虹大が帰省する家というものが存在しないのだろう。

「いちいち気にしないで大丈夫。俺も、さすがに大人になったよ。いつまでも両親のことで悩んでいたら、生きづらくなっちゃうから」

「……そう、なの？」

凛世は未だに、自分の家族に対してかすかな引け目がある。彼らはいつだって凛世に優しい。なのに、あの中にいたら完璧な家族を邪魔している気になって離れてしまった。もちろんたまには帰省するし、妹の入学祝いだって誕生日プレゼントだって欠かさない。悩んでいるとまではいかないが、心のどこかに小さな棘が刺さっている。そんな感覚はいつまで経っても消えなかった。

「更家、この部屋気に入ってくれた？」

「気に入るも何も、こんなすごいお部屋、見たことないよ！」

閑静な住宅地でひときわ広い敷地を使った低層マンションは、室内もインテリアデザイナーを雇ったような空間を活かした造りになっている。唐突に床に置かれた間接照明や、ろくにものが置かれていない北欧風のラック。ソファの横には名前を知らない観葉植物がやわらかそうな葉をエアコンの風に揺らしていた。

「じゃあ、結婚後に暮らすのはこのマンションでいいかな」

「……え、っと」

結婚とは、婚姻届を提出するだけの話ではない。凛世だって、そのくらいはわかっている。

とはいえ、具体的な話になると尻込みしてしまうのも仕方ない。二十七年、生きてきた。人並み以下かもしれないけれど、少しは恋もした。それでも結婚は未知のステップなのだから。

「やっぱり、ここだと更家の職場に遠い？　だったら、新しくマンションを選んでもいいんだけど」

「そういうことじゃないの。こんなステキなお部屋、もちろん嬉しいよ」

「それなら、憂い顔の理由を教えてくれる？」

「え、あの、憂えてないよ？」

がんばって微笑んでみたけれど、口角は上がりきらない。きっと目も泳いでいると思う。

「更家は、嘘がヘタでかわいいね」

「さっきから、明日見くんのかわいい基準、ちょっとヘンだと思う」

「そうかな」

「そうだよ！」

クッションを軽く投げつけると、彼がそれをキャッチして笑った。わたしたちはまるで、中学生のころにできなかったことをしているみたいだ。あのころは、いつだってひと目を気にしていた。ふたりで話す時間は貴重で、こういうふうにバカみたいにふざけている暇はなかった。

お互いに、限られた時間で胸を切り開き、心を取り出して見せ合う。

今にして思えば、子どもなりの同病相憐れむ行為だったのだろう。

「そういえば、更家はもう家族には話したの？」

「一応、電話で。あらためて挨拶に行くことになってるけど、いいんだよね」

「もちろん。日程を調整しよう。俺はいつでも平気だから、ご実家の皆さんの都合を確認してきて」

「わかった」

　無職ならば、たしかにいつでも問題ない。ただ、両親に彼が働いていないことを説明するのは、なんとなく悩ましい。八〇億円の資産があるだなんて、信じてもらえるだろうか。

「あの、明日見くん」

「……………」

　今度は、虹大のほうが表情を曇らせて考え込んでいる。挨拶に行くのを想像して憂鬱になっているのかもしれない。

「明日見くん、もしかしてだけど、わたしの親に会うの、しんどい？」

「ん？　どうして？」

　こちらを向いた彼は、思いもよらないとばかりに目を瞬（しばた）いている。では、先ほどの表情はなんだったのか。

「あー、いや。更家の両親には会いたいんだ。でも、俺の両親とは会ってほしくない……って言ったら、結婚取りやめる？」

「取りやめる……まではしないけど、理由は知りたい」

一瞬、悩んだ。

ここで取りやめると言ったら、結婚しないで済むのかもしれない、と。

だが、そうなったらもう二度と虹大に会えなくなる。この結婚は間違いだ。なのに、虹大に会いたい。凛世はその理由を、彼の催眠を解いていないからだと思うことにした。

「理由か。更家をあんな人たちに会わせたくない」

「え」

「俺の好きな子に、嫌な思いをしてほしくないのは、理由にならない？」

「な、なる、かな」

目を見て好きと言われるのには、どうしても慣れない。そもそも彼の本心ではないと凛世は知っている。ほんとうに好かれているわけではない「好き」は、心臓が跳ねるのと同時にほろりと寂しさがこみ上げるのだ。

——明日見くんのご両親ってたしか……。

父親は舞台の演出家で、母親は有名俳優だと聞いている。別に有名人に会いたい気持ちはないが、結婚する相手の家族に挨拶をしないのは不誠実ではないだろうか。

そう思ってから、誰に対しての不誠実、と凛世は自分の思考の甘さに気づいた。

たしかにこの結婚は初手からおかしい。それなのに、世間体をいちいち気にしてどうする。いちばん誠実でいなければいけない相手は、世間ではなく虹大だ。彼に対して、凛世は誠実でありたい。迷惑をかけた側なのだから、せめてこれ以上虹大に嫌な思いをしてほしくなかった。

「うん、わかった」

大きくうなずいて、彼をまっすぐに見つめる。

「明日見くんのご家族のことは、明日見くんがいちばんわかっているんだから、それを無視して無理に挨拶をしたいわけじゃないよ。ただ、必要がある場合や、お父さんお母さんがわたしに会いたいと言ったときには、きちんと相談してくれる？」

「……それでいいのか？」

「いいよ。よくなかったら、提案しないよー」

笑った凛世に、彼は安堵した様子で頬を緩ませた。

考えていたよりも、虹大にとって両親の存在は大きな地雷なのかもしれない。

――先方のご両親と顔合わせしないことについては、うちの親にうまく話しておかないといけないな。

離婚していて、双方が有名人ともなれば、容易に同席できないのも納得してもらえる気がする。凛世の親は、年齢なりに礼儀を重んじる部分もあるけれど、他者の事情を慮れないほど考えが固いわけでもない。

る。

「ありがとう、凛世」

「えっ、あ、は、はい……」

突然名前で呼ばれて、耳がジンと熱くなる。見れば虹大も、うっすら頬が赤くなっていた。照れるなら呼ばないでよ、とは言えない。凛世は、名前で呼ばれて嬉しいと感じている。

「電話で紹介するだけなら、できると思うから」

――あ、電話なら紹介してくれるんだ。まったく紹介ナシではない、と。

「驚いた顔してる。俺、別に凛世のことを隠したいわけじゃないからね?」

「う、うん」

「なんなら、みんなに言ってまわりたい」

「何を?」

「この子が俺の好きな人です、って」

不意に抱きつかれ、心臓が破裂しそうなほどに高鳴った。

好きになりたくない。

でも、こんなのもうとっくに好きなのかもしれない。

この関係は、彼の催眠が解けるまで――。

「……っ、あの、明日見くん、ち、近い」

「抱きしめたら、このくらいの距離は普通じゃない？　凜世はパーソナルスペースが狭いほう？」

一度呼んだら、以降は当然のように名前を連呼して、虹大が凜世を覗き込んでくる。

「わたしは緊張しやすいので……っ！」

「だったら、もっと慣れないといけないな」

「ひゃッ!!」

さらにぎゅうと抱きしめられ、ふたりはソファの上で密着した。心臓の音が、聞こえてしまう。

――慣れるって、こんなの無理だよ！

顔を真っ赤にしたまま、凜世は彼の肩にひたいをつける。せめて、この赤面しきった表情を見られないように。

「凜世はさ、優しいから俺と結婚してくれるんだろうけど、俺はそれだけじゃ満足できないんだ」

「どういう、意味？」

「そばにいてくれるだけじゃ、足りない。凜世が俺を好きになってくれたらいいなって思ってる。結婚したら、少しずつふたりの時間が増えて、俺が抱きしめても緊張しないようになるかもしれないけど……」

耳元に、ふう、と呼気が当たる。凛世はびくっと肩を震わせて、顔を上げた。

「！」

ふたりの顔の距離は、五センチと離れていない。ほんの少し顔を傾けるだけで、唇が触れてしまいそうなほどだ。

「ねえ、凛世」

「……っ……！」

キス、される。

そう思ったけれど、虹大はそれ以上距離を詰めなかった。形良い唇が、戸惑うように開閉する。

――しない、の？

「……ごめん、ちょっと聞きたいんだけど」

「な、に？」

ドキドキしすぎて、声がかすれた。目を伏せて、胸のせつなさに息苦しさを感じる。

「キスしたいときって、なんて言ったらいい？」

「そっ……んなの、もう、それだけで伝わるっていうか……」

「うん？」

凛世よりよほどキスに慣れているだろう虹大が、真剣に答えを待っていた。

――だけど、答えたらキスすることになるよね。

「凛世？」

「う……、なんで聞くの？」

「凛世が好きだからだよ」

ずるい、と思った。

この距離で、こんなに優しい声で。

凛世に選ばせるのは、ずるい。いっそ、キスしたいと強引に奪ってくれたほうが諦めもつく。

だけど、虹大はそうしない。あくまで凛世の答えを待つ姿勢でいる。それが彼の愛し方なのかもしれない。だとしたら、きっと忘れられなくなる。

――わたしを、どんどんおかしくするんだ。明日見くんにキスされたら、きっともう夢中になっちゃうんだよ。明日見くん、わかってるの？

「ねえ、教えて」

「……何も言わなくて、いいと思う」

「いいんだ？」

「た、ぶん」

大きな手が、凛世の頬に触れた。彼の手は優しくて、温かくて、心まで撫でられているような錯覚に陥る。

——どうしよう。どうしよう。どうしようもなく、好きになっちゃう。

「ありがとう」

嬉しそうに微笑んだ虹大が、ゆっくりと唇を重ねてきた。

「ん……っ……」

覚悟をして受け入れたけれど、彼は何度も角度を変えてくちづけるばかりで、その先に進もうとはしない。舌を入れるでもなく、凛世を押し倒すでもなく、慈しむようなキスを繰り返す。

虹大の優しさが胸にじわりと広がる。

同時に、もどかしさが喉の奥で疼いた。

だが、それも最初の二十秒ほど。凛世が酸素を求めて口を開けると、そのタイミングを待っていたとばかりに虹大が舌を送り込んでくる。

「んん……っ……！」

「油断、した？」

——だって、息ができなくて……。

満を持した甘い舌の動きに、待ち望んでいた心が震えた。

肩甲骨の間からうなじにかけて、ゾクゾクと電流に似た痺れがこみ上げる。凛世は応えるように口を開き、彼の舌を迎え入れた。ねっとりと絡みついては、口蓋をあやされる。くすぐったくて、気持ちよくて、体中が粟立つのを止められない。

「んぅ……、ん、ぁ、すみ、くん……っ」

「まだ駄目。もっとキスしたい」

さっきはキスするまでにあれほど躊躇していたくせに、虹大は一度始めたキスをやめる素振りを見せない。リビングの壁に掛けられたアナログ時計が、カチ、カチ、と時を刻む。呼吸まで奪い尽くすように、彼のキスが深まっていく。

——ダメ、こんなにされたら、わたし……。

彼は、足りないと言った。そばにいるだけでは足りない、凛世の気持ちがほしい、と。けれど今の凛世は、キスだけでは足りなくなっている。

ゆうに二分を超える唇への甘い合図で、心も体も潤ってしまうのだ。

——結婚って、明日見くんはほんとうにわたしと一線を越えるつもりなの？　わたしたち、このままもしかしたら……。

せつなげな吐息とともに、虹大の唇が離れていく。今の吐息は、彼のものか。それとも自分のものだったのか。

「続き、したい？」

耳に触れる唇が、無声音で尋ねてくる。

うなずいたら、このまま結ばれる流れなのは凜世にもわかる。そして、凜世だってここで終わりにするのをせつなく感じているけれど、虹大はなんらかの返事を待っているのだろうか。

「そ、れは、その……」

「俺はしたいんだけどね」

「っっ……！」

彼の表情を窺うか迷っていると、「安心して」と声が聞こえてきた。

「したくても、しないよ。結婚するまで、我慢する。それと、凜世が俺をほしいって思ってくれるのを、待ってるから」

優しく髪を撫でられて、心臓のいちばん弱いところに彼の言葉がぎゅんと刺さる。

好きにならずになんていられるわけがない。

彼に触れているだけで、彼の手で撫でられるだけで、彼の体温を感じているだけで。凜世の心は、虹大に引き寄せられていく——。

第二章　幸せすぎる新婚生活

「それでは届け出を受理しました。何か不備があった場合、後日連絡させていただくことがあります」

一月十一日の午前中から、虹大と凛世は婚姻届を提出するために区役所に来ていた。お互いに本籍地が別の区にあったため、必要な書類を持ち寄っての届け出になる。前もって彼がしっかり下調べをして、準備を整えてくれていたこともあり、提出まではスムーズだった。

——ほんとうに、提出しちゃった。

婚姻届受理証明書を発行してもらい、区役所ですべき名義変更の手続きがすべて終わったのは正午を少し過ぎたころ。想像していたよりも時間はかかったし、名字が変わる凛世にはやるべき手続きもたくさんあった。このあとも、銀行や保険、会社の庶務課で名前変更の申請をしなければいけない。会社には、結婚したことも伝える必要がある。

でも、とりあえず今日のミッションは終了ということになり、ふたりはスーパーで買い物をしてから、虹大のマンションまで歩いて帰ることにした。

彼はエコバッグを常に携帯している。こういうところがまめだなぁ、と思う。

凛世も節約のために無駄な買い物袋は買わないほうだったけれど、虹大には節約をする必要がない。無職だろうと八〇億円の資産があれば一生エコバッグを使わなくても生きていける。

——でも、明日見くんはちゃんとエコバッグを持ち歩いてる人。

「凛世、ほんとうに外食じゃなくてよかった？」

マンションまでの帰路を歩きながら、荷物を持った虹大が尋ねてくる。

「うん。どうして？」

「せっかくの記念日だし、今日くらい作らなくてもいいとは思う。凛世は毎日働いているんだから、家事は俺に全面的に任せてくれてもいいんだよ」

家事については、彼のマンションに荷物を運び入れるときからずっと、虹大がほぼ担うと言ってくれていた。ありがたいと思うし、掃除については基本的にお願いする話になっている。

けれど、自分の下着を洗ってもらうのはさすがに気が引けるのと、凛世は料理をするのが嫌いではなかった。だから、洗濯は一部のみ虹大にやってもらい、料理は状況を見て考えようという結論が出ている。

ひとり暮らしだと、仕事で疲れているときは買ったもので食事を済ませることも多い。コスパ、タイパどちらの面でも効率がいいからだ。それでも休みになれば、常備菜を作るのが凛世の気分転換だ。

料理をしていると、頭の中がすっきりする。何も考えずにひたすら手を動かす——というのは、仕事も同じなのだが、お客さまのためではなく自分のために作業をするのが大事なのかもしれない。

だから、ふたり暮らしになってもたまには料理をしたいと考えている。今度は、自分のためだけではなく、虹大に食べてもらう楽しみもあるのだ。

——結局、好きになっちゃった。こんなの抗いようがない。

好きになってはいけないと思っていた。

それについては、今だってまだ思う部分はある。

しかし、どうあがいたところで心はコントロールできない。好きになってしまったのなら、その自分を受け入れるしかないのだ。

だったら、好きな人に自分の作った料理を食べてもらうのは幸せのひとつだろう。

虹大は、基本的にひとり暮らしに慣れている。彼から聞いた話では、高校時代は伯父の家で暮らし、大学在学中は寮生活、以降はひとり暮らしをしていたそうだ。

お互いに、長くひとり暮らしをしてきたふたりの生活は、家事に困ることはない。だからこそ、たまには誰かが作ってくれたものを食べたい気持ちを凛世は知っている。

――明日見くんも、そうだったらいいな。わたしの作る食事を、少しでも嬉しく思ってくれたらいいな。

「凛世？」

「一緒に作るのも、記念日らしくない？」

「ああ、たしかにそうかも。ありがとう、凛世」

「え、何が？」

「俺と結婚してくれて、ありがとう」

虹大が左手を差し出してくる。凛世は緊張しながら、その手を取った。一月の冷たい空気の中で、彼の手が温かい。

「こちらこそ、あの……これからよろしく、ね？」

「うん。これからもよろしく」

手をつないで歩く帰り道は、行きの緊張がほぐれたこともあって、時間がゆったりと過ぎていく。少し遅めの昼食を、ふたりで作ってふたりで食べる。それはきっと、幸せな新しい日常の始まりだ。

広いアイランドキッチンカウンターに、並んで作った料理はビーフシチュー、ガーリックトースト、モッツァレラチーズと果物のアボカドサラダ、それからきのこのマリネ。本日二度目の一緒に作る料理だ。昼はシンプルにパスタで済ませたけれど、夜は少し気合を入れて準備した。

「明日見くん、アボカド切るのじょうずだったね」

料理をテーブルに並べながら、凛世は彼の大きな手を思い出す。長い指に持ち上げられたアボカドは、いつもより小さく見えた。

「アボカド、普通じゃない？」

「普通だけど、なんかすごくきれいに見えた」

「ははっ、ヘンなとこ見てるね」

カトラリーを運んできた虹大が、照れたように微笑む。

「手が大きいと、アボカドが小さく見えてかわいい」

「それは、俺が？　それともアボカドが？」

「アボカドが」

「ふーん」

順番にキッチンとダイニングを往復して料理やグラスを運び終え、さて椅子に座ろうとした瞬間、虹大がぽんと肩に手を置いた。もう一方の手には、果物ナイフと小ぶりのオレンジが握られていた。やっぱり、手が大きい。

「どうしたの？」

「凛世の手がどのくらい小さいか、確認したいなと思って」

手のひらを凛世のほうに向けて、彼がニッと笑う。ここに手を合わせろという意味だ。

「別に小さくないですぅ」

「小さいですぅ」

「うー、わたしの手が小さいんじゃなくて明日見くんの手が大きいんだってわかってる？」

「はいはい、ぐずってないで早く」

急かす言い回しとは裏腹に、彼の声は優しさが滲んでいる。凛世がおずおずと手のひらを合わせると、虹大が「ほら」と破顔した。

「やっぱり小さい」

「そっちが大きいの」

「凛世の手、かわいい」

「……そんな話、してないと思うんですけ、ど……っ⁉」

指の間に、ひたりと温かな感触が広がる。虹大が、指と指を絡めるようにして手を握ってきたのだ。

「ほらね、かわいい」

そのまま手を引っ張られ、凛世は彼の胸に抱きしめられてしまった。

彼のことを好きだと思う。催眠状態ということに目をつぶれば、好きだと言われている。そしてふたりは、いまや社会的に認められた婚姻関係にある。

——つまり、こういうふうに恋愛的な行動をするのを咎めるものはなくて……！

頭の中で言い訳を組み立てながらも、凛世は虹大の心音に目を閉じていた。誰かの鼓動をこれほど心地よく感じたことがあっただろうか。

「……明日見くんだから、かな」

「何が？」

「心臓の音……、気持ちいい」

すう、と呼吸がラクになる。そこで初めて、凛世は気がついた。

——わたし、明日見くんといると緊張する。だけど、明日見くんといるとすごく呼吸がしやすい。

緊張しすぎて息が苦しいときもあるけれど、それはまた別の話だ。彼と並んで過ごす時間は、いつだって体の中にしっかり酸素が入ってくる。もちろん、それは気のせいかもしれない。だが、そう感じられるほどに凛世は虹大といるのを快適に感じている。

「俺も、凛世のこと抱きしめてると気持ちいいよ」

そう言われて、彼が果物ナイフを持っていたことを思い出す。

「え、待って。明日見くん、刃物持ってない？　果物ナイフ持った手で、わたしのこと抱きしめてない!?」

「持ってるけど大丈夫。これは、凛世を守るための刃だから」

「何から守るの？」

ここに敵はいない。まして凛世は殺し屋にも警察にも狙われていないはずだ。

「うーん……。俺？」

「明日見くんから、明日見くんが守ってくれるってこと？」

「そうだよ。ねえ、守ってほしい？　それとも――」

「守ってください！」

即答した凛世の頭上で、ははっと笑い声が響く。

「残念。攻め入るチャンスを自分でつぶしちゃった」

「シチュー、冷めちゃうから、ね？」

「はい。観念します」

冗談めかした彼が腕をほどき、凛世は真っ赤な顔で虹大を見上げる。

彼はどこまで本気なのだろう。本気で、凛世に攻め入る気があるのか。それとも、本気で守ってくれようとしているのか。

「あー、凛世がかわいくて幸せだなぁ♡」

「観念してなくない？」

「してるしてる」

テーブルに並んだ料理が、幸福な湯気を上げていた。

虹大は凛世のことをかわいいかわいいと言っているけれど、凛世からすれば彼もまたかわいい。こんなに魅力的で大人の男性に対して、かわいいだなんて失礼かもしれないけれど。

――好きになると、かわいく見えるのかも？

だとしたら、彼がかわいいと言ってくれる間は、そばにいられるのかもしれない。少しでもかわいく見えるよう、努力してみようか。そう思ってから、自分の浅ましさに頭を殴られたような気持ちになる。

こんなに幸せなのに。

こんなに幸せだからこそ。

彼の想いは催眠アプリのせいだということを、思い出してしまうのだ。

だったら、この結婚はなかったことにしてください、神さま。

――最初からもう一度出会い直して、もう一度好きになれたらいいのに。

だが、凛世は虹大に何度も恋するかもしれないが、彼が同じだとは思えない。催眠アプリでもなければ、虹大と結婚なんてありえないとわかっている。

——この結婚、なかったことに……したいの？　したくないの？

凛世は、自分に問いかけつづけた。

・・・・・・・・・・・・・・・・・・

ベッドはひとつ。人間はふたり。夜はいつものようにやってくる。これなーんだ？

寝室のドアを開けて、凛世はパジャマ姿で胸を押さえる。心臓が痛い。まだ何もしていないのに。

——ま、まだ何もって、これから何かあるって決まったわけじゃないし。

自分に言い訳をひとつしてから、スリッパでぺたぺたとベッドまで移動する。

どちらを望んでいるのだろう。何かがあってほしいのか。なければ安心できるのか。あるいは、何もなかったら落胆する可能性すらある。

引っ越しの準備を進めていたときから、この問題にはずっと直面してきた。彼がもともと暮らしていた港区のマンションで新生活を始めることになり、引っ越しはさほど大変ではなかった。ウォークインクローゼットも余っていたし、家具を買い替える必要もほとんどない。

そして、リビングも寝室も広いけれどあくまで1LDKなのである。

虹大は長身なことや、アメリカ暮らしが長いせいもあって、ひとり暮らしのときからクイーンサイズベッドを使っていた。ひとつしかない寝室の、完璧に配置されたベッドを見たとき、凛世はここに自分用のベッドを置くことを諦めたのだ。

——一緒に寝る覚悟はできてる。でも、その、それ以上の……眠る以上の『寝る』覚悟、できてるの、わたし⁉

やわらかな羽毛布団の上にちょこんと腰を下ろし、凛世は自分の考えを整理する。できるかどうかは不明だが、整理しようとはしている。

経緯はどうあれ結婚をした。そして、自分は虹大のことを好きだという自覚がある。ここまできてもったいぶるつもりは、凛世にだってない。彼とキスしたときに、このまま流されてしまいたいと思ったのも事実だった。今だって、体の奥に甘い疼きが存在している。彼に触れられたいし、彼に触れたい。

——ああ、わたし、覚悟できてる。むしろ、明日見くんに抱かれたいって思ってるんだ。

彼は自分が催眠術にかかっていると認識していない。催眠療法に連れ回していたころのほうが、訝られていたのだろう。結婚準備で、ここしばらくは催眠関連のほうは放置している。あくまで、催眠術を解くことを先送りにしている、というだけで諦めたわけではない。

――そろそろ、明日見くんも上がってくる、かな。

胸に手を当てて、深呼吸を繰り返す。もし彼が、求めてくれたら。そのときには――。

がちゃり、と寝室のドアが開く。湯上がりの虹大は、やわらかく揺れる黒髪の下からこちらを見た。目尻がかすかに赤らんでいる。

「起きて待っててくれたんだ?」

「ん、えっと、まあ……」

「なんでそこで照れるの。凛世はほんとうにかわいいな」

近づいてきた虹大が、ほこほこに温まった手で頭を撫でてくる。

「寝る準備、もういいの?」

「うん、大丈夫」

「じゃあ、どうする?」

「えっ⁉」

――どうするって、何を? 何が? なんの話?

「もう寝る?」

「う、うん」

「わかった。おいで」

羽毛布団をめくり上げ、虹大がさっとベッドに横たわった。そのまま両腕を広げて、凛世を招く。緊張しながら彼の腕の中に身を委ねると、同じ入浴剤の香りがした。

「凛世、湯冷めしてない？」

「してない、と思う」

まだ体が火照っている。心臓の音が、喉元から聞こえる気がした。

虹大はリモコンで天井のシーリングライトを消す。窓際に置かれた間接照明が、ほのかに室内を照らしていた。

「まだ、夢みたいだ」

彼の両腕が、凛世を宝物のように優しく抱きしめている。力を入れすぎないようにしているのが、なんとなく伝わってきた。

「……うん」

――わたしにとっても、この時間は夢みたい。

だけど、夢はいつかかならず覚める。夢ではなく、夢みたいな現実であってほしい。

「日本に帰ってきて、よかった」

「もう、大げさすぎない？」

「そんなことない。俺にとっては、凛世と再会できたことも、今ここにふたりでいることも、奇跡みたいに幸せだから」

形良い唇が、凛世のひたいに触れる。こめかみ、耳、頬、鼻先。順番にキスされるのを、凛世は目を閉じて受け止めていた。

まぶたの上に、しっとりと唇が押し当てられる。

「……俺、自分はもう少し語彙があると思っていたんだけど」

「う、ん？」

——なんの話？

「凛世といると、言葉が見つからなくなる。ただ幸せで、愛しくて、好き。そればかりになる」

「そ、それはその、ありがとう、というか……」

「ありがとうは俺のセリフだよ。こんなに幸せをくれた凛世に、心から感謝してるんだ」

「……っ……」

胸が痛くて、泣きそうになる。そのくらい、虹大の声が優しい。

ずっとこのままでいたいと思うのは、自分のエゴだと知っている。彼にとっては、この時間はのちに不本意なものと変わってしまうかもしれない。

それでも今だけは、凛世も幸せだと言っていいのだろうか。

「あのさ、大事な話があるんだけど」

「だいじな……」

――まさか、催眠が解けたとか……。

背筋がすうっと冷たくなる。緊張で、体がこわばった。

「えーと、もしできたら、でいいんだけど」

「うん」

「俺の名字になったわけだよね」

「……うん？」

婚姻届を提出した。名字の変更手続きも進めている。たしかに今の自分は、明日見凛世だ。

「だから、名前で呼んでもらえないかな」

「あっ……、そ、そうだよね。そのほうが普通だよね」

言いながら、心がもぞもぞと気恥ずかしさでいっぱいになる。

凛世は、結婚して初めて過ごすふたりの夜に、するのかしないのか、そのことばかり考えていた。彼が話があると言えば、催眠についてのことかもしれないと怯えていた。

――だけど明日見くんは、これからのわたしたちのことを考えていてくれたんだ。

あらためて、彼に対して申し訳ない気持ちになる。結婚は、人生において大きなイベントだ。もし彼が日本に帰ってこなければ、こうして凛世と出会って催眠アプリを使われることも、あまつさえ結婚することなんてなかっただろう。

——人生の責任なんて、取りようがない。わかってる……。

「りーせ」

わざと音を伸ばして呼びかけて、虹大が目を覗き込んでくる。

「もしかして、俺の名前、知らないなんて言わないよね？」

「し、知ってる」

「ああ、よかった。急に黙るから、夫の名前も知らないのかとハラハラしたよ」

「……知ってるけど、急にはほら、あの」

「急に結婚したんだから、急に名前で呼ぶくらいなんてことないと思わない？」

言われてみれば、それもそうだ。より高いハードルを飛び越えたのだから、名前で呼ぶくらい——。

「あのね」

「ん？」

「思ったより、恥ずかしい……っ」

羽毛布団の中にもぐり込み、両手で顔を覆う。まだ呼んでもいないのに、想像しただけで顔が熱くなった。

「こら、逃げないで」

「や！　こういうの、なんかすごいダメなの」

「駄目じゃないよ。俺は、凛世に名前を呼ばれたい」

「だって……」

虹大も一緒になって布団を頭の上まで引っ張り上げる。ふたりは、暗がりの中に閉じ込められた。うっすらと見える彼の輪郭に、なぜか胸が締めつけられた。息苦しいのは、布団の中にいるから。

「呼んで、ほしいな」

「う……」

「時間をかければかけるほど、きっと恥ずかしくなるよ。だったら、ここでさらっと呼んだほうが――」

「こ、こうだいっ」

目をぎゅっと閉じて、彼の名前を唇に乗せる。

「……もっかい」

「虹大、虹大、こうだい……」

「凛世」

ぎゅうう、と強く抱きしめられて、耳元に彼の熱い吐息が触れた。

――明日見くんの鼓動、すごく速い。

同時に、凛世の心臓も同じくらい早鐘を打っている。

「……やばい、ね」

「え……」

「好きな子に名前を呼ばれるのって、すごく来る」

「あす……う、違う。虹大、さん」

「サン、いらない」

「虹大」

「あー、もう！　俺のこと煽るの、うますぎるんじゃない？」

「煽ってないよ。虹大……が、名前で呼んでって言ったの、忘れた？」

「忘れてない。嬉しい。好き」

カタコトみたいに区切って、彼は凛世を抱きしめたままため息をついた。

「好きすぎて、ほんとやばい。凛世、ありがとう。おやすみ」

「おやすみなさい……」

結婚後、初めての夜は、喉元までこみ上げる愛情で凛世を溺れさせながら更けていく。

——眠れるかな、わたし。

先におやすみを言った虹大も、しばらく寝付けずにいるのを感じた。ふたりの夜はぬくもりの中にあった。

婚姻届を提出してから一週間が過ぎた。不備があって連絡が来るかもしれない、とスマホの着信履歴を気にしていたけれど、特にそういった電話はなかった。

会社に名前変更と結婚の連絡をしたとき、職場での通称としてもとの名字を使用することが可能だと説明を受けた。頭のどこかで、いつか彼の催眠が解けたらもとの名字に戻る可能性を考えていたけれど、結果として凛世は明日見姓で仕事をすることを選んだ。

一瞬でも、好きな人の名字で暮らしていたい。そう思ったからだ。

・・・・・|・・・・・・・・・・|・・・・・・

「おはようございます、店長」

「あ、新野さん、おはようございます。今日もよろしくお願いします」

「はい！」

――でも、考えてみたら、たいてい店長って呼ばれるから名字関係ないんだよね。

ネームプレートは『明日見』に変わった。それだけでも、少し嬉しくなる。バイトの子たちからは結婚祝いにフォトフレームをもらった。ふたりの写真を飾ってくださいねと言われたものの、今のところ虹大との写真は持っていない。

「いらっしゃいませ。ご注文はお決まりですか？」

「ココア、あったかいのください」

「かしこまりました。店内でご飲食でしょうか？」

「あ、持ち帰りで」

「はい」

いつものレジカウンターで、凛世は日常を取り戻す。

仕事をしている間は、なるべく虹大との生活を思い出さないように気をつけている。気を抜くと、つい頬が緩んでしまうのだ。

帰宅すると夕飯のしたくができている。凛世が遅番のときには、翌朝に胃もたれしないよう野菜を中心とした消化の良いメニュー。気が利く虹大のおかげで、ここ一週間、凛世の体調は万全だ。

部屋はいつも掃除が行き届いていて、洗濯はお互いに自分の分をする話だったものの、下着以外は結局彼が洗ってくれている。クリーニングはマンションのコンシェルジュサービスでお願いできるし、食料品の買い出しは散歩ついでだからと彼がやってくれる。

——こんなに甘やかされて、いいのかな。

たしかに虹大は今、仕事をしていない。だからといって、何もかも任せていることに罪悪感もあった。

こんなにずぶずぶに甘やかされたら、彼がいないと生きていけなくなってしまう。

本来、結婚とは一生一緒に生きていきましょう、という約束にもっとも近いものだと凛世は考えていた。もちろん、離婚という制度もあるのだから約束が永遠かどうかなんて誰にもわからない。それでも、結婚するときにはともに生きることを前提としている。

結婚したばかりの凛世が、この幸せの終わりばかり考えているのは、普通に考えたらおかしなことだ。まあ、普通の結婚ではなかった。そう思うと同時に、普通の結婚だってそうでない結婚だって、いつか終わるかもしれない危機をはらんでいるのは変わりないのかもしれないと知っている。

だとしたら、今を楽しむほうがいい。

虹大と幸せな時間をたくさん過ごしたほうがいい。

――うん。わたしは、虹大のことが好き。それだけでいいのかもしれないな。

無駄に悲観的になるよりも、前向きに。ある意味では加害者の自分が、そんなことを考える時点で問題だと思う部分もありつつ、凛世はあえて自分の気持ちに蓋をした。

凛世の不安は、虹大の幸福の邪魔になる。

彼が彼自身を取り戻すまで、落ち着いて少しでも幸せな環境で暮らしてほしい。

自分にできることは、そのくらいしかなかった。あとは、催眠術を解いてくれる人を探しつづけなくては――。

「店長、最近すごく顔色がいいですよね」

「え、そう？」

「そうですよ。メイクのノリもいいみたい。やっぱり幸せいっぱいの人は違うなぁって話してたんです」

パートの由香里から話しかけられて、思わず肩をすくめる。

幸福も理由かもしれないが、忙しいながらも充実した仕事と、健康的な食生活、人の体温を感じる安らかな睡眠によって凜世の毎日は輝いていた。

「花婿さんのお写真、見せてくださいよぉ～」

「写真……ね、うーん」

「？」

「あ、ごめん。実はふたりで撮った写真ってないんだよね」

「え、なんで!?」

普通に交際をして、普通に結婚をしたら、ふたりの写真がないというのはかなり不自然なのだろう。とはいえ、そのために写真を撮るわけにもいかない。凜世だって、虹大の写真はほしい。彼はどの角度から撮影しても、完璧なのはわかっている。

「そのうち、写真撮ったら――。いらっしゃいませ」

入り口扉のベルが鳴って、凜世はぱっと顔を上げた。

――えっ、なんで？

そこに立っているのは、黒いロングコートを着た虹大だ。朝、家を出るときには何も言っていなかったのに、なぜ突然店にやってきたのだろう。

ふたりにだけわかる程度の目配せで、彼がかすかに瞳を揺らす。

「あっ、店長、あの人って前にも来たイケメンじゃないですか！」

由香里が凛世に耳打ちした。そういえば、あのときも彼女が一緒にホールで働いていた。

「………」

仕事用のスマイルで顔をこわばらせて、凛世は考える。どうしよう。どうするのがいちばん正しいのだろう。このタイミングで、言ってしまえばいいのか。あの人が夫です、写真より本人のほうがきっとかっこいいでしょう？

――言えない、そんなこと！

「凛世」

しかし、内心で動揺しまくっている凛世とは逆に、いつもの幸せそうな微笑みを浮かべた虹大が軽く右手を上げてくる。由香里が、虹大と凛世を交互に見やった。

「…………夫です」

「えええええっ!?」

――そうだよね。驚くよね。あんな美しい人がわたしの夫だなんて……。

「いらっしゃいませ、お客さま。注文はお決まりですか？」

つとめていつもどおりに振る舞おうとするけれど、どうしたって無理だ。喉が狭まって、声がうまく出ない。

「ははっ、お仕事モードだね」

「うん。用事があって吉祥寺まで来たから、凛世の顔を見て帰ろうかなって」

「仕事中ですよ?」

「………」

「もちろん、コーヒーも買って帰るよ。今日のブレンド、ホット、テイクアウトで」

「かしこまりました」

バイトの夢見も、由香里から話を聞いたらしくチラチラと虹大を見ている。もっとも、凛世の結婚相手でなくともこれほどの美形が店に来たら、覗き見したくなる気持ちはわかる。

「今日、帰りは遅くなりそう?」

「たぶんそんなに遅くない、と思います」

「わかった。じゃあ、夕飯はシーフードパエリアだから、楽しみに帰ってきて。仕事がんばれ」

店を出ていく虹大を見送った直後、職場だというのにスタッフふたりが凛世にずいと近づいて「詳しく聞かせてもらいましょーか!」と詰めてくる。

混雑している時間でなくてよかった、と凛世が胸を撫でおろしたのは説明するまでもない。

——でも、虹大なら空いている時間を選んで来店したのかも。そういうところ、きっとすごく状況を読むのがうまいから……。

さて、話し好きで恋バナ好きの女性スタッフたちに囲まれて、残された凛世は真っ赤になりながら彼女たちの質問に答える羽目になった。恥ずかしくて、嬉しくて、これもまた幸せな時間ではあるのだけど——。

・・・・・・|・・・・・・・・・・・|・・・・・・

「どこにいても、明日見くんは明日見くんだよ」

あの言葉があったから、虹大はいつだって自分を見失わずにいられた。彼女の言葉は、自分にとっての指針だった。

夕暮れのキッチンに立ち、シーフードの下処理を終えたところでカラになったコーヒーのテイクアウトカップを見つめる。

職場にいる凛世は、家にいるときより気を張っていてよそ行きで、それもまたかわいかった。今日の妻を反芻し、ふと思う。

——さて、いつ明かすべきかな。

同級会での再会以降、虹大はずっと彼女に嘘をついている。いや、たぶん凛世以外ならこの嘘に騙されてはくれない。彼女だからこそ、こんなずるい恋の戦法が使えてしまったのだ。

明日見虹大は、催眠術になんて当然かかっていなかった。

子どものころから、虹大は他者との間に分厚い透明な膜があるように感じながら生きてきた。

おそらく自分の家庭環境が、周囲の子どもたちとあまりに違いすぎたことが一因だと思う。幼稚園の送り迎えをしてくれたのは父でも母でもない。主に父の秘書か、母のマネージャー。どちらも手が空かないときには、シッターが来ることもあった。

父親は若くして国内の有名な戯曲賞を受賞した脚本家兼演出家である。才能と運に恵まれた彼は、結婚前から浮名を流していたらしいが、舞台で出会った俳優の母と結婚して以降、マスコミの前では愛妻家の顔をしていた。

そう。メディアの前での顔と、家の中での顔は違う。

それは母親も同じだった。

外では美しく着飾り、憑依型俳優と呼ばれ、映画、ドラマ、舞台のすべてで活躍しながら、夫である演出家に寄り添う美しい妻——あるいは、その役を、母は演じていたのかもしれない。たしかに彼女は俳優として突出した存在なのだろう。

対外的な評価でいうなら、虹大の両親は誰もが羨む存在だった。

けれど、内情は違う。

父は若いころからの女遊びを結婚後もあらためるつもりなどなかった。虹大の送り迎えをしてくれていた秘書は、父と男女の関係にある女性だった。母はそれを知っていて、特に責めるでもなく自分の息子を預けていた。虹大を心配してくれていたという意味では、母のマネージャーは親切な人だったように思う。問題は、母は才能ある俳優であると同時に自分の身内に対するモラルハラスメントの化け物だった。かつて役者を目指し、裏方の道を選んだマネージャーを、踏みつけるだけ踏みつけた。そこで栄養を得て、ライトの下で輝いていたのかと思うとゾッとする。

大人になった今だからわかるのだが、おそらく両親は互いの利益のために結婚し、夫婦であることを仕事に活用し、最終的に仮面夫婦の仮面すら邪魔になって離婚という結論に至ったのだろう。そうでなければ、あれほど家庭にも子どもにも興味のない親になるはずがない。

なんにせよ、裕福な家で自由と孤独を親友に育った虹大は、小学校に入学するころにはすでに他者と自分の相違を理解していた。家の中のことを、外で話してはいけない。徹底された情報統制は、虹大の口を重くさせる。子どもにとって、いちばん大きな存在は親だ。

その父と母の話をあまりできないとあっては、何を話していいかわからないのも仕方ないだろう。

かくして少し無口で、何を考えているかわからない虹大少年は、誰とも深くかかわらないままに中学生となり、母親譲りの美貌も相まって周囲からやけに注目されるようになってしまう。中学に入学した直後、三年生の女子から告白されたのも悪かった。あの演出家とあの俳優の息子。重点の置かれた箇所と、虹大自身の存在に大きな乖離が生まれていく。

それでも日常を生きていれば、次第に友人はできる。自己主張の強い中学生の中にいて、自分のことを語りたがらない虹大は好かれやすい存在でもあった。男子たちは自分がいちばん虹大と親しいと言いたがり、女子たちはときに遠巻きにときに積極的に秋波を送ってくる。

家に遊びに来たいと言う友人は多かったが、一度も人を連れて帰ったことはない。それは幼いころからずっとそうだった。親から友だちを家に連れてきてはいけないと言われた覚えはなかった。そもそも彼らは虹大に対して興味がなかったように思う。友人がいるかいないかすら、知らないのではないだろうか。

中学三年になる春休み、父方の伯父の住むアメリカに行った。珍しく父から「若いうちに日本以外の環境も知っておくといい」と言われて、短いホームステイをすることになったのだ。

伯父は学者肌で繊細な人物だったが、虹大をひとりの人間として扱ってくれた。彼には同性の恋人がいて、家の中はいつも愛にあふれていた。伯父のパートナーも、人として尊敬できる人物だった。

日本に帰ってから、両親が弁護士を入れて離婚を決めたことを知る。ただし、離婚は虹大が中学を卒業してからするらしい。どちらと暮らすことになるのか、子どもなりに気がかりな部分がなかったとは言わない。けれど、すでに家族としての関係は破綻していた。虹大は、金銭的に恵まれているのに居場所のない子どもだった。

春が来て、虹大は中学三年生になった。すぐに進路希望調査票が配られたけれど、行きたい高校は思い浮かばなかった。学力的にここ、家から近いのはここ。そんな選び方も可能だろうが、来春、自分はどこに住んでいるのだろう。そう思うと、ペンを持つ手が止まる。

何も、信じられなかった。

何も、期待できなかった。

何も、求められなかった。

ただ呼吸をして、出された課題をこなして、寝て起きて食事をして、生きている。これは、ほんとうに生きているのか。

足元がやわらかくて、自分がまっすぐ立っているかわからなくなる。

けれど、同じ教室にひとりだけ、自分と似た空気を感じる人物がいた。

目立つ女子の集団にいるけれど、いつも少しだけ困った顔をして笑う子。保健委員で調理部で、小柄で、ほかの女子のうしろでぼうっと空を見上げている彼女のことを、虹大はいつしか目で追うようになった。一方的に自分と似ているだなんて思うのは、彼女に対して失礼な気がして声はかけられなかった。彼女には、歳の離れた妹がいるらしい。友人と話しているのが耳に入った。

彼女と話すきっかけを得たのは、春の体育祭。

学年別のクラス対抗リレーでアンカーを務めた虹大は、ゴール直後にうしろから追ってきた他クラスのアンカーに追突された。そのまま思い切り転倒し、膝と脛に擦過傷ができた。

「おい！　わざとじゃないのか！」

「負けたからって、突き飛ばすなんてあんまりじゃない？」

――いや、どう考えても運が悪かっただけだろ。

そうは思ったが、クラス同士が揉めるのも面倒だ。虹大は立ち上がると、

「ねえ、保健委員の人いる？　保健室ってどこだっけ？」

と、クラスメイトを見回した。

ほんとうは、知っていた。クラスの保健委員は彼女だ。それに、虹大だって保健室の場

所くらい、覚えている。だが、この場を何ごともなく済ませるには、自分がなんともない素振りを見せるのが早い。

「保健委員です」

彼女が右手を挙げる。

「保健室、付き添うよ」

「よろしく」

土埃を払っても、Tシャツには汚れが残った。「いいなあ、保健委員」と誰かの声がする。虹大は聞こえないふりで、小柄な保健委員の彼女がついてくるのを確認して歩き出した。

考えてみれば、意図して女子と一緒に歩くというのは初めての経験だ。歩幅はどのくらい、歩く速度はどのくらい、と考えながら背中で彼女の様子を窺う。けれど、いきなり話しかけるのも気後れして、無言のままでふたりは校内に入った。

すると、背後からとん、と何かがぶつかってくる。振り返らなくても彼女だとわかった。今日はとことん、うしろから追突される日らしい。

しかも彼女はぶつかってそのまま転びそうになる。虹大は細い腕をつかんだ。すんでのところで、彼女は転ばずに済む。

「大丈夫?」

「だ、だいじょうぶ……」

小さな手で自分の鼻を押さえる姿に、笑ってしまいそうになった。

「更家、前見てないから」

「そう、かな?」

初めて、彼女の名前を呼んだ。

「そうだよ。この前も、教室掃除のときに机にぶつかってた」

言ってから、ハッとする。いつも彼女を見ていたのが、バレてしまう。

しかし、彼女はかすかに口を尖らせてこちらを見上げていた。虹大の行動には、気づいていない。

「今のは、明日見くんを待たせないようにしようと思って」

「……?」

「脚の長さが違うから」

なるほど、置いていかれないように彼女は急いでいたということか。だとしたら、反省すべきは自分だ。もっとゆっくり歩くべきだった。

「ああ。俺、怪我してるけどね」

う、と彼女が黙る。困ったように、何か考えている。

「一緒にいる相手を置き去りになんてしない。それに、更家がいないと保健室の場所もわからないし」

嘘も方便。彼女はそういう考え方はしなそうだけれど。

「え、ほんとに知らなかったの？」

「保健室なんて普段行かないだろ」

「それはそう……かなぁ？」

「保健室は知らなかったけど、更家が保健委員なのは知ってた」

「明日見くんは何委員だっけ？」

「……教えない」

「え、な、なんで？」

「俺は知ってたのに、そっちは知らないんだろ。だったら秘密」

あの日から、ずっと。

虹大にとって更家凛世は、特別な人になった。

「そういえば、名前」

「うん？」

「名前、なんて読むの」

「りせ、だよ」

――ごめん。ほんとうは、名前の読み方も知ってた。ほかに会話の糸口が見つからなかったんだ。

最初から、ずっと嘘ばかりだった。嘘でしか自分を取り繕えていなかった。

大人になっても、結局催眠術にかかったふりという最悪な嘘をついている。その嘘のおかげで、お人好しで優しい凛世は虹大と結婚してしまった。

——それでも、ほんとうのことを言わなきゃいけない。

いつだって嘘をついているほうが楽だった。真実を明かすことにくらべて、自分の悪いところを見せずにいられる。けれど、それは両親のしていたことと何が違うんだろう。

——俺は、凛世を騙している。騙しているけれど、愛している。

卒業の少し前。

彼女に、進路を告げた。

卒業後は日本の高校に進学するのではなく、アメリカにいる伯父の家で暮らし、向こうの高校に通うのだ、と。

行きたくなかった。両親よりも伯父のほうが一緒にいて安らげるのは知っていたけれど、それでも暮らし慣れた土地を離れることに不安がないとは言えない。できることなら、両親から金を出してもらって日本でひとり暮らしをしたかった。けれど、父も母も結婚生活のすべてを消してしまいたいのか、虹大の存在を日本から追い出そうとしていた。

引き止めて、ほしかったのだと思う。

そうしたら好きだと言うつもりだった。ほんとうはずっと好きだったと、名前だって最初から読み方を知っていたのだ、と。

「明日見くん」

「ん」

「どこにいても、明日見くんは明日見くんだよ」

凛世は引き止めるのではなく、微笑んで虹大の背中を押してくれた。きっと、彼女はまっすぐな心で――。

虹大を信じてくれている。

虹大に期待をしてくれている。

けれど、虹大に何も求めてはいなかった。

――更家は俺がいなくても、寂しくないんだな。俺がどこかで幸せに暮らしていれば、それでいいのか。

寂しいのは自分のほうだった。彼女の優しさと強さと、そしてほんの少しの残酷な鈍感さが、少年だった虹大に翼をくれた。

慣れない土地での暮らしが始まってからも、あの言葉はいつだって虹大の心の支えになっていた。

高校を卒業し、大学在学中に友人たちと起業をした。アイディアと技術が合致したのもあり、二年経たずにユニコーン企業として認定された。会社の評価額は毎年最高額を更新し、国際的にも名の知れたころに、虹大はすべてを失った。

ともに起業した相棒が、会社を売却する書類にサインをしたのだ。

手広く事業を拡大しすぎたせいか。あるいは、虹大が油断していたのか。もしかしたら、虹大の性格を見越して、かつての相棒は機を窺っていたのかもしれない。なんにせよ、気づいたときには一〇億ドル以上の評価額を得ていた会社はすべて売却され、虹大の手元には五〇〇〇万ドルが残された。

すべてを失ったわけではなく、金は残ったじゃないか、と励ましてくれた友人もいる。たしかにそうかもしれない。けれど、虹大にとってはやはりすべてを失った感覚しかなかった。

会社だけではなく、学生時代からの大事な相棒の心を失ったのだ。それは、決して金で埋められるものではない。

あのときも、虹大の心に残っていたのは凜世の言葉だった。

「どこにいても、明日見くんは明日見くんだよ」

ほんとうに、そうだろうか。人に裏切られたあとでも、自分は自分のままでいられるのだろうか。

失意の中、虹大は日本に帰国した。帰ってきてすぐに、彼女の現在を調べた。コーヒー好きだった父親の影響を受けた凛世は、コーヒーショップの店長になっていた。

会いたくて、ただ彼女の姿を見たくて、吉祥寺まで出向いた。けれど、明るい表情を見たら今の自分を語るのが恥ずかしくなった。だから、名乗ることなく立ち去った。

離れていた間も、凛世は堅実に生きていた。誰かに迷惑をかけることを極端に避ける、優しくて弱くて強い凛世が、今も存在していた。

同級会の誘いは、偶然で。

凛世と会えるかもしれないと思って、出向いた。

「うん、うまくできたな」

パエリアの準備を終えて、虹大はサラダ用のレタスを洗って水気を切る。キッチンペーパーで一枚ずつ拭いて、今夜は彼女の好きなコブサラダにするつもりだ。

——ずっと、きみが俺を支えてくれていた。今も。

彼女のために夕食を作るのは、とても幸せな気持ちになる。真実を告げなければと思いながらも、凛世と一緒にいるためなら、一生催眠術にかかったふりをしてもいいのではないかと思うときがあった。

「ただいまー」

玄関から、彼女の声がする。

「おかえり、凛世」

——きみといられるなら、俺はなんだってできる。

だから、俺を好きになって。

今夜も凛世が帰ってきてくれただけで、泣きたいくらいに幸せだった。泣きたくなるほど、彼女のことが好きだった。

・・・・・┃・・・・・・・・・・┃・・・・・

忙しい一週間が終わり、月曜がやってきた。一月最後の月曜日、凛世は仕事が休みでいつもより遅く起きた。ベランダには洗濯物が揺れていて、虹大が朝から家事をしてくれたのがわかる。

——うう、わたし、虹大にやってもらってばかりで何もしていない……。

結婚のきっかけはなんであれ、今はふたりで暮らしているのだから、自分も彼のパートナーとしてできることはしたい。そう思いながらも、日々の仕事に忙殺されている。結局、思っているだけでは何も伝わらない。何も、できていない。

「おはよう、凛世。コーヒー飲む？」

「わたし、淹れるよ」

「寝起きでしょ？　座ってて」

リビングのラックに、店の子たちからもらった結婚祝いのフォトスタンドが置かれている。写真はまだ入っていない。

「虹大は、毎日家のことばかりしていてつらくない？」

「なんで、ぜんぜんだよ」

ははっ、と笑った彼がマグカップを持ってきてくれる。ダイニングテーブルの上には、一輪挿しが飾られていた。

「ありがとう」

「どういたしまして。ところで、今日は休みだよね」

「うん」

「じゃあ、午後に一緒に出かけたいところがあるんだけど、どうかな？」

「もちろん！」

勢い込んでしまったのは、婚姻届を提出してからこんなふうにゆっくりふたりで出かけるのが初めてだと気づいたせいだ。そういえば、催眠術を解くための方法を探すのもおろそかになっている。

——このまま、一緒にいられたらいいのにな。

今日の行き先によっては、写真を撮ることを提案してみようか。あのフォトスタンドに飾る写真があってもいい。

「どこに行くの？」

「それは、あとのお楽しみ」

コーヒーのおともにショコラビスキュイを運んできてくれた虹大が、にっこりきれいな笑みを浮かべた。

電車に乗って到着したのは、遠目になんのお店かわからないキレイなビルだった。近くまで来ると、壁に大きくデザインされたPhoto Studioの文字に目を瞠る。つい先ほど、心の中で写真を撮るタイミングを考えていた。それが、虹大には透けて見えたのだろうか。

「あ、あの、虹大」

「うん？」

「どうして……」

言いかけてから、どう尋ねていいのかわからなくなる。

どうしてわたしが写真を撮りたいと思っていたのがわかったの？　と率直に訊くには、距離が少しだけ遠かった。

「……いつ、決めたの？」

「ここに来ること？」

「そう」

「予約をしたのは先週だけど」

「！」

——けっこう前から、考えてくれていたんだ。

「凜世が、フォトスタンドをもらってきたときに、中に入れる写真がほしいなと思って」

「わたしも！　思ってた！」

「うん、凜世もそう思ってるといいなーと願いながら、予約したんだ」

彼の言葉が、じわりと胸の奥まで染み込んでくる。自分がそうしたい、ではなくて。きみがそう思ってるだろうと思って、でもなくて。凜世もそう思ってるといいなと願った。虹大の距離と気遣いが、心地いい。責任を取って結婚したつもりでいたけれど、相手が虹大だったからできたことだ。ほかの人では、同じような結論には至らなかっただろう。

——中学のころ、好きだった人。再会してすぐに、わたしは虹大に惹かれていたのかもしれない。

「ありがとう。写真、わたしもほしかったの」

「喜んでもらえてよかった」

中に入ると、受付の女性が「お待ちしておりました、明日見さま」と声をかけてきた。

時間ごとにひと組だけ予約を取るシステムなのだろうか。完全予約制で、丁寧な接客をするスタジオのようだ。

「本日はフォトウェディングプランのご予約をありがとうございます」

――え、待って。フォト、ウェディング⁉

凛世が考えていたのは、いわゆる家族写真的なものだった。出産したいとこがたまに送ってくれる、子どもの成長を祝うかわいい写真。あんな感じの、自然なもの――。

「どうしても凛世のウェディングドレスが見たかったんだ。駄目かな？」

「だ、だめじゃないっ」

――ダメじゃない、けど。

人生で、ウェディングドレスを着るタイミングが、これほど唐突に訪れることは想定の範囲外だった。いや、凛世でなくともこれは驚くのではないだろうか。

「それでは、ご衣装の候補を準備してありますので、ご確認をお願いいたします」

「は、はい。よろしくお願いします」

二手に分かれて、ふたりはそれぞれの控室へ案内される。凛世を案内してくれた女性スタッフは、歩きながら今回のプランについて説明をしてくれた。ちょうど控室に到着したとき、彼女がにっこり微笑んだ。

「新婦さまに秘密で準備を進めていらっしゃると伺っていました。愛情の深い新郎さまですね」

「そう、ですね」

ほのかに頬を赤らめて、凛世は曖昧にうなずく。彼の愛情がとてつもなく巨大であることは、何も否定する部分がない。ただし、その愛情が本物かどうか。彼にとっては真実で、凛世にとっては虚飾の恋。

「ドレスは、新郎さまからご希望をいただいています。ほかにもご用意はございますので、じっくりお選びくださいね」

「ありがとうございます」

控室のドアを開くと、正面に三体のボディがウェディングドレスをまとっていた。

三着は、それぞれデザインは異なるけれど、どれも凛世の好みに合致している。虹大の希望で選ばれたドレスのはずなのに、どうしてだろう。お互いの好みが似ているのか。それとも彼は凛世の好きそうなドレスを選んでくれたのか。

「明日見さまでしたら、お首がすっきりしていて肩のラインがおきれいですから、こちらのビスチェタイプのドレスなど、とてもお似合いだと思います」

「えっ、こんなに胸元が空いてるの、無理です。無理ですよ」

「お客さまのいらっしゃる披露宴と違って、おふたりだけの写真撮影ですので大胆なデザインも気軽に着用いただけるんです。お嫌いでなければ、試着をいかがですか?」

言われてみれば、たしかに、と思うところもある。人前で着るには躊躇するデザインでも、写真を撮るだけならばありかもしれない。

「じゃあ、とりあえず試着させてください。あの、真ん中のドレス、いいですか？」

「もちろんです！」

普段の凛世なら、かわいいな、きれいだな、と思ってもデコルテが大きく開いたドレスを着る気にはならないと思う。

――フォトウェディングだからかな。それとも、虹大が選んでくれたっていうのが大きいのかな。

気づけば、彼のことを名前で呼ぶのも普通になってきていた。最初は慣れなかったのに、今では明日見くんと呼んでいたときのほうが不自然に感じるから不思議だ。

もしかしたら、一事が万事こんなふうに馴染んでいくのかもしれない。たとえば婚姻関係だって、始まりが催眠アプリだって――。

――いや、さすがにそれは都合よすぎるでしょ。そうなったらありがたいけど！

スタッフに着せてもらったドレスは、想像していたよりもずっと凛世に似合っていた。

「か、かわいい……っ！」

唐突に、虹大がその場に膝をついた。何が起こったのかと、スタッフたちが駆け寄ってくる。

「ちょ、ちょっと、虹大」

凛世にはわかる。凛世のウェディングドレス姿を見て、彼がくずおれてしまっただけのことだ。完全無欠に限りなく近い、美形で資産家の彼がこんなふうに膝をついたため、周囲の人たちが心配するのももっともである。

「明日見さま、大丈夫ですか？」

「あ、大丈夫です。大丈夫です。どうぞお気になさらず……」

返事をしたのも凛世だった。当の虹大は、まだ立ち上がれていない。

こうして全力で愛してくれる人だということも、凛世はもう知っている。その愛情を毎日浴びているのだから、知らないとは言えない。そして、そのたびに小さな罪悪感の棘が胸を刺す。

「ごめん、ちょっと冷静さを失ったよ」

「うん、ソウダネ」

若干棒読みの返事をしつつ、凛世の心臓は破裂寸前まで高鳴っていた。

——ちょ、ちょっと、うちの虹大サン、かっこよすぎません⁉

黒のタキシードを着た彼は、たまに見せるスーツ姿をさらに洗練させた美しさをまとっている。もとから長い手脚がいっそう際立ち、セットした髪はすべらかなひたいを強調した。骨のかたちがきれいな手首と、大きな手。凛世を見上げる目がかすかに潤んでいるところまで含めて、完璧だ。完璧に美しすぎた。

「……幸せだなって思ったら、膝の力が抜けたよ」

すくっと立ち上がった虹大が、膝を払ってからこちらに手を差し伸べてくる。

「披露宴、しなくてよかったね」

「え、どうして」

「だって、」

幸せすぎたら、虹大の寿命が縮むかもしれないから。

言いかけて呑み込んだ言葉に、凛世は小さく笑った。意味がわからない様子で、虹大が当惑している。

「おふたりとも、ご用意はよろしいでしょうか？」

「はい、お願いします」

それまでの感情を一瞬で嚥下した虹大が、落ち着いた大人の声音で返事をした。彼は、感情を切り替えるのがうまい。

フォトスタジオというのは、室内にあるものだとばかり考えていた。けれど、今回の撮影はガーデンウェディングをイメージした屋上の温室で行われている。季節柄、温室の外はかなり気温が低い。ビスチェタイプで首も肩も背中も露出させたまま屋外にいたら、確実に風邪をひくだろう。

「……あったかい」

冬とは思えないほど、温室には色とりどりの花が咲き誇っていた。よく見ればアレンジメントも飾られているけれど、全体の半分ほどだ。残りの半分は、普段からスタジオのスタッフが育てているのだろうか。

「凛世がきれいで、緊張する」

「これは、ドレスがきれいなんだと思うよ？」

「残念だけど、ドレスじゃなくて凛世のほうだね」

小声で話しながら、温室に置かれたティーテーブルに腰を下ろす。

「自然に、普段どおりに会話をしていただいて大丈夫です。少しずつ撮影していきましょう」

カメラマンの男性に声をかけられて、普段の会話を思い出そうとした。普通、フォトウエディングに臨むカップルというのは、どういう会話をするのだろうか。

「フォトフレーム、ひとつじゃ足りないから買い足そう」

「え、そんなにいる？」

真顔で検討する彼に、凛世は慌てて尋ねる。普段はエコバッグを使い、丁寧な暮らしをする虹大だが、凛世に関することとなると突然異次元の財力を発揮する。放っておいたら、ものすごい高級品を大量に買い込んできそうな勢いがあるのだ。

「いくらあっても足りないよ」

「飾る場所も足りなくなるからね」

「引っ越しが必要ということ？」

「違います！　アルバム買えばいいでしょ。もしくは、データで保管すれば場所取らないから」

「俺の凛世はかわいいだけじゃなく、天才だった」

「…………」

テーブルの上に置いたブーケを、虹大は優しく撫でる。

「凛世」

「な、何？」

「表情が固いけど、大丈夫？　もし緊張しているなら、手をつなごうか」

――そんなのいっそう緊張すると思う。わざと言ってる？

黙って上目遣いに睨みつけると、虹大は恍惚とした笑みを浮かべた。

「そういう顔も、たまらない」

「ヤバイ人だと思われても知らないよ？」

「俺は、凛世に夢中だから仕方ないな」

その後も、立ったり座ったり、歩いたりブーケをふたりで持ったりと、カメラマンに言われるままポーズをとって撮影が行われた。もともと被写体としての才能なんて自分にないことは予測できていたが、思っていた以上に緊張してしまう。

――やっぱり、肩出しが悪かったかも。虹大が近づくと、肌が触れて……。

「凛世、こっち」

「う、うん」

彼が左手で肩を包み込んでくる。

――し、死んじゃう。肩に心臓ができたみたいに、ドキドキしてる！

戸惑っている凛世を、虹大が優しく導いてくれる。どんどん気持ちが引き寄せられていくのを、止められない。海外で長く暮らしていたせいか、彼はエスコートがうまかった。

「ね、左手、こうして？」

右手の指を四本、軽くそろえて曲げた虹大が凛世を覗き込んでくる。

「？　左手、こう……」

「そう、そのまま」

彼の右手と凛世の左手が近づき、指先が触れた瞬間に虹大がしようとしていることがわかった。ふたりの手が、ハートのかたちを描いている。

「あ、いいですね。そのまま何枚か撮りましょう」

「お願いします」

――え、えっ、こんなポーズで!?

腰が引けてしまいそうな凛世を、虹大の左手がしっかりとつかまえていた。

「逃げないでね、凛世」

「う……」

「愛してるから、一生一緒にいよう。凛世がいないと、俺は生きていけそうにないんだ」

——このタイミングで、そんな重いこと言い出しちゃう？

そう思いつつ、嬉しい自分を隠せない。凛世は彼をちらりと見た。うっすらと頬を赤らめた虹大が、夢見る瞳を向けてくる。

「すてきですね。見つめ合ってるのもいいです。こちらに視線もらえますか？」

「は、はい！」

ウェディングドレスを着ると、人間は気持ちが盛り上がってしまうものなのか。それとも、虹大の魅力のせいなのか。

触れた指先とつかまれた肩が焼けるように熱いことを、虹大に気づかれてしまいそうで。

——こんなの、好きすぎておかしくなっちゃう……！

凛世は表情筋に渾身の力を込めた。そうでもしないと、目尻が下がってしまう。ゆるゆるに溶けた顔になって、虹大を好きなのがレンズに捉えられてしまう。

・・・・・┃・・・・・・・┃・・・・・

帰り道の電車を降りると、空が泣き出しそうな雲に覆われている。急いで帰れば、雨が降る前にマンションに着けると信じて傘を買わなかった。あのマンションにビニール傘を置くのは、なんだか場違いな気がして。

「インスタントカメラで撮影してもらった分、帰ったらすぐ飾ろうか」

電車内でずっと写真を眺めていた虹大が、にこやかに尋ねてくる。タキシードを脱いでも、彼はやはり輝いていた。今日の凛世は、目をやられている。脳もやられているし、なんなら心だってやられまくっていた。

——う、笑顔がまぶしすぎる。

「そうだね。でも、インスタントカメラの写真がぴったり収まりそうなフォトフレームってあったかな……」

「買って帰る?」

「なんでもすぐ買わない!」

彼の資産を聞いてから、凛世はできるだけ虹大のお金に甘えないよう気をつけている。正直、一生かかっても使い切れる金額ではない。だからこそ、それを稼いだ彼の努力と労力を大切にしたかった。

——お金目当てで好きになったと思われても嫌だもの。

虹大がそんなふうに考えないのはわかっている。自分の気持ちの問題だ。

「あ、降ってきた」

右手のひらを上向きに、虹大が空を見上げた。凛世のつむじにも、ぽつん、と大きな雨粒が当たる。それを皮切りに、雪になりきらなかった冷たい雨が街を濡らしはじめた。

「凛世、早く帰ろう」

「うん」

「それともタクシーに——」

「走ろう！」

ワンメーターでお釣りが来そうな距離をタクシーに乗るのは、凛世からすると贅沢どころか運転手に申し訳なく思ってしまう。それぐらいなら、多少濡れても走ったほうが気楽だ。

「じゃあ、手」

「手？」

「つなごう」

ぐいと手を引っ張られ、大粒の雨が降る中をふたりで走る。無理のない速度だけれど、凛世がひとりで走るよりきっと速い。跳ぶように走る自分たちは、大人なのに子どもみたいだ。だんだん楽しくなってきて、凛世は笑い出す。つられるように、虹大も笑った。雨の中をこんなふうに走れるのは、彼がいるからだと知っている。

マンションの玄関に到着して、凛世はハアハアと肩で息をした。体の表面は雨で冷えているけれど、芯が熱っぽい。

「すぐ、お風呂の準備をするよ」

「待って、そのまま入ったら床が濡れる！」

「ああ、そうか」

虹大が、着ていたコートを脱ぐ。さらにその中のトップスを脱ぎ、凛世の頭を拭う。

――そうじゃない！

「わたしより自分を」

「俺にとっては、いつでも凛世が最優先だから」

髪を、頬を、喉を拭いてくれる彼の服から、虹大の香りが伝わってくる。爽やかなのにどこか甘くて、かすかにウッディな香りが凛世をクラクラさせた。もっと近くで堪能したくなる。彼の肌に顔を寄せて――。

「凛世、大丈夫？　ぼうっとしてるけど」

「へ、へいき！　それより、虹大も拭いて。じゃないと、中に入れないでしょ」

「そうだね。早く凛世をお風呂に入れないと、風邪をひく」

――そうじゃないんだってば！

心の中で二度目のツッコミを入れる凛世に気づくことなく、彼は急いでバスルームへ向かった。

「……虹大が風邪ひいたら困るの、わたしが」

小さな声は、彼には届かない。

凛世がパンプスを脱いで廊下を歩いていくと、バスルームから虹大が顔を出す。

「お湯を張ろうと思ったんだけど、それよりシャワーのほうが早いよ」

「わたしはしっかり拭いてもらったから、虹大が先にどうぞ」

「凛世が先。風邪ひく」

「虹大だって」

「はあ、参ったな」

濡れた前髪をかき上げて、虹大がため息をついた。そして、次の瞬間。

「ひゃっ⁉」

凛世の体は宙に浮いているではないか。

「こっ、虹大、何を……」

「だったら、一緒に入るしかないだろ」

「嘘、そんなのムリ！」

「はいはい、暴れないでね」

バスルームの床に着衣のままで降ろされて、逃げる隙も与えられずに頭の上から熱いシャワーが降り注ぐ。

「ふく……！」

「脱ぐのはあとでも大丈夫。俺も濡れてるし、ね？」

まだ逃がさないとばかりに、虹大は上半身裸で凛世を抱きしめていた。シャワーのせいで、彼の香りがわからない。もったいない、と思った。無意識に、彼の胸元に鼻を寄せる。

――やっぱり、シャワー浴びてるとわからないな。いい香りだったのに。

「凛世？」

「あっ、これはね、さっき服からいい香りがしたのでつい……」

「俺の香りが気に入った？」

目を細めた彼が、かすかに首をかしげる。首筋を伝う水滴が、彼の輪郭をきらめかせた。

「もう、何考えてるの。ヘンな意味じゃないからね」

「変な意味でもいいよ。俺の頭の中なんて、いつだって凛世かわいいなって、そればかりなんだから」

「……ばか」

どちらからともなく、唇が差し出され引き寄せられていく。キスをするのに言葉はいらない。

ささあと降り注ぐ熱い湯の下で、濡れた唇が重なった。最初から、躊躇いなく舌を絡ませあう。口の中は、温かい。きっと土砂降りの雨の中でキスしても、互いの舌は熱を帯びているのだろう。

「凛世に、ばかって言われるのいいね」

「何、が……？　ん、んっ」

深く差し込まれた舌が言葉を奪っていく。

濡れたブラウスのボタンははずされ、キャミソールが胸の上までまくり上げられる。胸の谷間をシャワーのお湯が伝っていくと、虹大が両手で乳房を左右から寄せた。

「愛されてる気持ちになる」

「っっ……ぁ、やだ……」

カップがずれて、色づいた部分が見えそうになる。体をよじると、そのまま壁に手をつく格好になった。待っていたとばかりに、虹大がブラのホックをはずしてしまう。

「虹大……っ」

「見せて、凛世」

両腕で自分の胸元を隠しているものの、凛世だって彼がほしくなっていた。

どうして、こんなことになったのだろう。

——わからない。ううん、わからないふりかもしれない。だってわたしは、ずっとこの人に触れたかった。触れられたかったから……。

「凜世」

「んっ、ひゃぁッ」

耳元で低く名前を呼ぶ声が、凜世を震わせた。全身の感覚が鋭敏になっていて、吐息が耳殻にかかるだけでも腰が揺れてしまう。

「かわいい。お尻振って、俺のこと誘ってくれるの？」

「ち、違う……っ」

「違ってもいい。俺はそうだって思うから」

「んっ……！」

脇の下から両手を差し込まれ、直接胸を手で包み込まれた。とうに、胸の先は甘い期待にツンと屹立している。それを、虹大に知られるのが恥ずかしかった。

「や、ぁ……」

「かわいい。それに、凜世の肌、すべすべだ」

「そ、んなの……っ」

「恥ずかしい？」

羞恥心を煽るように、彼は耳元に唇をつけて話す。軽く歯を立てられると、凜世の体がビクッと跳ねた。胸を包んでいる手は、手のひらで乳首を確認しながら円を描く。

「ん、ぅ……、そこ、気持ちぃ……」

「うん。気持ちよさそう。ここ？」

人差し指が、爪で先端を弾いた。

刹那、電流のような快感が脳まで突き上げる。

「ひ、アッ……！」

「いい声だね。俺を煽る、甘い声」

左右の先端をカリカリと引っ掻かれ、膝の力が抜けそうだった。爪でいじられるなんて、痛そうなイメージがある。けれど、そこにあるのは純粋な快楽だ。痛みではなく、もどかしくてじれったい刺激が凛世を支配していく。

「んんんっ……、き、もち、ぃ……」

「胸、感じやすいんだ？　じゃあ、根元からぎゅっとつまんだらどうなっちゃうかな」

「は、ぁ……、されたら、わたし……」

言葉だけで、もう体が反応する。きゅっと閉じた脚の間で、触れられてもいないのに蜜口が潤っていくのがわかった。

「じゃあ、こっち向いて。凛世の見えるところでしてあげる」

「………」

抗う気持ちなんて、もうとっくになくなっていた。

虹大に触れられる悦びのほうが、ずっと強い。

凛世はおずおずと彼のほうに向き直り、濡れた前髪の下から見上げる。

シャワーのお湯が肌を伝うだけで、薄い皮膚がひりついた。

彼に、触れられたら。

きっと、おかしいくらいに感じてしまう。

――我慢、できない。

「虹大……」

「いい子だね。いやらしく期待した顔の凛世、最高に好きだよ」

乳暈を人差し指がくるりとなぞった。息をつく間もなく、彼の指が左右の先端をきゅうっとつまみ上げる。

「っっ……！　ぁ、あっ……」

「俺に触れられて、こんなに感じてくれたんだ？　嬉しいな。もっと、もっと一緒に気持ちよくなろう……？」

膝を曲げた虹大は、指で乳首の根元を絞ったまま、左胸の先端に舌を躍らせる。ねっとりと濡れた舌先が絡みつくと、それだけで凛世は達してしまいそうなほどの感覚に襲われた。

「やっ、あ、あっ、そこ……っ」

「ここ？　舐められるの好き？　それとも、吸われるほうがいい？」

「ひぅ……ン！」

ぢゅう、と吸い上げられると、全身が粟立つ。吸いながら舌であやされ、凛世は泣きそうな声で彼の名前を呼んだ。

「こう、だい、虹大……っ」

「うん。反対もちゃんと指でかわいがってあげるからね」

「やぁあッ、あ、あ、だめぇ……、気持ちい……っ」

「いいよ。もっと――」

そこが、限界だった。

凛世の両膝は、がくんと大きく震える。そのまま、崩れ落ちてしまいそうな体を虹大がすんでのところで抱きとめた。

「危な……っ」

「ぁ、ぁ、ダメ、気持ちよくて、立ってられな……」

「ははっ、ほんと、どうしようもないほどかわいいがすぎるんだけど」

シャワーが止まる前に、凛世は彼の体にぎゅうっとしがみついた。

濡れて肌に張り付いた衣服をすべて脱がされ、凛世はベッドに運ばれる。

仰向けに横たわって感じる心もとなさは、いつもならパジャマ越しなのに素肌にシーツを感じるせいだ。

――わたしたち、このまま結ばれていいの……？

かすかな不安に右腕で目元を隠していると、高反発マットレスがグッと沈むのがわかった。

「凛世、怖い？」

「……そう、じゃなくて……」

隣に横たわった彼が、凛世の腰を優しく撫でる。

そうじゃなくて？

自分の言葉に、凛世自身が戸惑っていた。怖くないわけではない。いつだって、この関係に不安はある。けれど、彼に抱かれることが怖いのかどうか。

「感じすぎるのが、怖い？」

「そっ、そういう言い方は……っ」

はっきりと心をあばかれて、凛世は体を起こそうとする。けれど、そのタイミングで虹大が脚の間に指を忍び込ませた。

「っっ……！」

「怖くてもいいよ。それで間違ってない。だって俺は、凛世のこと全部奪うつもりだから」

「ぁ、あ、そこ……っ、待って……！」

とろりと濡れた柔肉が、虹大の指で左右に押し開かれる。空気に触れると、自分がいかに熱くなっているかを再確認させられた。

「ねえ、待ってって言いながら、凜世のここ、すごく濡れてるね」

「んっ……、ぅ、う……」

ぷっくりと膨らんだ花芽を、虹大の人差し指が撫でる。

「ひぁッ……！」

すりすりとあやすように撫でまわされ、蜜口がしとどに濡れていく。あとからあとからあふれて、止まらない。

「お湯じゃないの、わかる？　これは凜世の体が、俺を受け入れてもいいよって濡れてるんだよ」

「こ、だい……っ」

「かわいいな。こんなにひくつかせて、俺のことほしがってくれてる……」

次第に彼の指が速度を増していく。にちゅにちゅと蜜をまぶしてこすられると、腰が逃げを打った。

「駄目。逃がさない」

宣言と同時に、濡れた指が花芽を根元からきゅっと締めつける。

「やぁ……ッ」

「いっぱい濡れて、コリコリに固くなってるよ。ここ、つままれたら逃げられないね？」

「やめ……ぁ、あっ」

左右から指で挟んだまま、虹大が手首をやわらかく動かしはじめた。上下に扱くような動きは、理性を一発で奪い取る。

「ああっ、あー、や、っ、ひっ……」

「これだけでイキそうになってるね。いいよ、凛世。イク顔、見せて？」

あられもない声をこらえようと、凛世は右手の甲に歯を立てた。それでも、鼻から抜ける甘い声は、自分とは思えないほどに高く淫らに響く。

「うう、ふぅ……っ、ふぅ………っ」

腰がガクガクと揺れていた。

彼の与える刺激に合わせて、より快楽を得ようと体が本能に突き動かされる。

――ダメ、我慢できない……！　イッちゃう、イク、イク……っ！

「ふっ……う、ぅ、うぅ……ッ、んぅぅ……」

「じょうずだね。でも、声我慢したのはよくないかな。俺は、もっと凛世のきれいな声を聞きたかったのに」

「あ、あ、待っ……」

「どうして？　連続してイカされるの、怖いかな？」

ぶんぶんと首を縦に振ると、虹大が喉の奥で笑う。

「じゃあ、イカせすぎないように気をつけるよ」

「こうだ、い……」

「だから、俺の受け入れてくれるよね？」

両脚が、これ以上ないほど高く持ち上げられた。つま先をバタつかせても、逃れられない。開いた内腿の間に彼の劣情が押し当てられている。

いつの間に、避妊具を着けたのだろう。凛世が乱れている間も、彼は冷静に着用する余裕があったのか。

「あ……当たって、る……」

「そう。当ててる。だってここに、俺の挿れるんだから」

薄膜越しでも、彼のそれがひどく昂ぶっているとわかった。先端は張り詰め、亀頭の付け根の段差が高い。くちくちと音を立てて凛世の入り口をいじる間も、太幹が脈を打つのが伝わってきた。

——こんなに、大きいの……？

ごくりと息を呑み、凛世は彼の下腹部をじっと見つめる。涼しい美貌とは裏腹に、それは獣性を忘れていない。猛る欲望が、凛世の小さな入り口に先端を埋め込もうとしている。

「狭いね。力入れてる？」

「ち、がう……」

「違わないよ。俺のを拒もうとしてるなら、もう一回こっちだけでイカせちゃおうか？」

劣情をあてがった位置より上、まだむき出しの花芽に指をかけて彼が目を細めた。

「や、ぁあッ」

ゆるりと撫でられただけで、背中がしなる。がく、と腰を浮かせた凛世に、虹大は自身を突き立てた。

「っっ……や、ぁ、はいって……」

「うん。入ってきてるね。凛世の中に、俺が入っちゃった」

つながる部分から、ぬぷぷぷ、と奇妙な音がする。指でいじられて中に入った空気が、彼の侵入によって押し出されていくのだ。

「ひ、ぅ……ッ、やめ……大っき……い……」

「こら、そんなかわいいこと言ったら、優しくできなくなるよ？」

「んんっ……！」

体を内側から抉られる感覚に、凛世は両腕を伸ばした。彼にしがみつきたかった。

「ああ、こっちのほうがいい？」

彼の言う『こっち』が、どっちなのかはわからない。けれど、反射的に凛世はうなずいていた。

「いいよ。おいで」

「え……あ、ああっ……!?」

体を引き起こされて、半分ほど挿入された虹大の熱が当たる角度を変える。その感覚に目を閉じた凛世は、あたたかな何かの上に座らされていた。

——待って、これって……。

おそるおそる目を開ければ、彼の上に跨った格好だ。

すでにふたりの体は、ぴったりと密着している。体のいちばん深いところに、虹大の情熱がめり込んでいた。

「っっ……!」

「ほら、これなら凛世の自由だよ。俺のこと、好きにして?」

「そ……っ、あ、やだ、動かないで……っ」

「動いてない。ねえ、わかってる? 動いてるのは俺じゃなくて、凛世のナカだ」

粘膜が、甘やかに蠕動する。彼を咥え込み、この上なく深くつながりながら、さらに奥へ誘い込む動きだ。

「う、わたし……でも……」

「自分で動くの、つらい？」

「つらい……んじゃなくて、や、ったこと、なくて……」

「そっか。だったら、俺の肩つかんで」

言われるまま、彼の肩に手をかけた。しっとりと汗ばんだ肌に、指が張り付く。

「凛世、好きだよ」

「ひ、ぁあッ」

ずぐ、と下から突き上げられて、凛世は濡れた髪を揺らした。

「すごく好き。ずっと好きだった」

好きと言うたび、虹大が凛世を穿つ。脳天まで届くような抽挿に、息もできない。

——ムリ！　こんな大きいの、ほんとうにムリだから……！

体を裂かれるほどの太さで、彼が凛世を押し開いている。けれど、自分の体重がかかってしまうせいで、逃れることもできない。

「好き、好きでおかしくなりそうだ。凛世、好きだよ。大好き……」

「んぅ……ッ、ん、ぁ、ああっ」

つながる部分から濡れた打擲音が聞こえてくる。

張り詰めた亀頭が粘膜を抉るように往復し、蜜がどんどん掻き出されていく。

「凛世の、すごく狭いよ。それに奥まで当たってる。ここ、わかる？」

ぐりぐりと腰を回され、背骨がしなった。

「やっ……！　そこ、ダメ、奥ぅ……ッ」

「凛世のいちばん奥、当たってるんだよ。ここに俺のを直接いっぱい出したいけど……」

「な、なんで……っ⁉」

避妊しているから、彼の言うようなことは起こらない。そう信じているけれど、どくんどくんと脈を打つ劣情を体の内側に受け入れていると、ほんとうに中で出されてしまいそうな錯覚に陥った。

「今日はしないよ。それは、いずれね。今夜は、イキたくない凛世がイキたいって言うまで、いっぱい俺に慣らすからね」

凛世の腰を両手でつかみ、虹大が微笑む。

泣きたくなるくらい、きれいな人。この人を今、体の奥まで受け入れている。

――わたしの、初恋の明日見くん。

「油断していて、いいのかな？」

どちゅ、と子宮口に切っ先がめり込んだ。

「ひ、ァ、ああっ……！」

「ここ、いっぱい感じさせてあげる」

「や、やだ、やだぁ……！」

「やだ、じゃないよ。もっとって言って、凛世」

リズミカルに突き上げられ、凛世は快感をなんとか逃がそうと腰を横に揺らす。気づいた虹大が、両手で強く腰をつかんだ。

「ひぅ……ぅ、う、やだぁ、気持ちよすぎて、ムリ……」

「そうだね。俺のかたち、ちゃんと覚えてね」

「やぁ……」

「や、じゃないの。かわいい凛世、俺だけの凛世になってもらうよ」

「あっ、ぁ、ああ、奥、また……ッ」

凛世の隘路が、入り口から奥へと虹大の刀身を絞り上げる。果てへと打ち上げられる直前で、虹大はぴたりと動きを止めた。

――え……？

「イキたくないんだよね？」

ひたいの汗を拭って、彼が優しく微笑んだ。その優しさは、絶対に優しさそのものではない。

「い……っ、あ、でも、でも……」

「イカせていいなら、ちゃんと言って？」

「う……」

「イキたい、って。俺に言って?」

繰り返される、甘い誘惑。その手を取れば、もう帰れない。もう、戻れない。

――ほしくて、おかしくなっちゃう。戻れなくてもいい。虹大がほしい。

「……っ、たい……」

「ん? 聞こえないよ、凜世」

「イキたい……っ……! お願い、いじわるしないで。虹大、イカせ……あ、あっ!?」

彼が唐突に腰を突き上げた。

「仰せのままに」

「っっ……!」

激しく打ちつけられ、ものの十秒と持たずに凜世は達してしまう。全身の倦怠感に酔いしれる暇さえ与えず、虹大はさらに狭まった隘路を抽挿した。

「やぁ……ッ! 待って、待っ……」

「イキたいって言ったのに、今度は待て? 凜世のそういうところもかわいいけどね」

「違……っ」

「とりあえず、考えられなくなるまでイッてみよう。それから、凜世がほんとうはどうしたいか聞くよ」

数えられたのは、最初の数回。以降は、何もわからなくなる。

「今、甘イキしちゃったかな。ナカ、ひくついてる」

「う、ぅ……」

「あー、かわいすぎ。凛世がかわいいせいで、我慢できないんだよ。わかってるかな」

何度達しても、終わらない。それこそが愛情だとでもいうように、彼は一途に腰を打ちつけてくる。

つながった部分から、淫靡な蜜音が響いていた。

「も、ダメぇ……っ」

「もう？　俺はまだ足りないよ。ずっと我慢してきた。凛世が受け入れてくれるまで、ずっと」

「ぁ、あっ、だって、中……っ、すごい、深くて……」

「かわいい。さっきから、イクたびに凛世の中がきゅうって締まって、俺のことほしがってる」

片手で凛世の腰をつかんだ彼が、右胸の先を口に含む。逃げられないよう、もう一方の手が背中を抱いていた。

「ひ、ぁッ……！」

「自分で腰、揺らしてるね」

「んっ、あ、あっ、ダメ、胸も一緒に、されたら……ッ！」

「どうなっちゃうのかな?」

ちゅ、ちゅうう、と強く吸われて、腰がガクガクと揺れるのを止められない。最奥にめり込むほど深くつながったまま、凛世は自分から虹大を求めて腰を振っていた。

あと少しで果てに手が届く。

そう思った瞬間に、ぐいと腰を強く持ち上げられた。

「え、あ……」

――どうして? あと少しなのに。

「イキたい?」

「こ……だい……」

「俺はイキたいよ。凛世のナカで、イキたい。ねえ、イカせてくれる?」

「……わたし、も」

「うん」

「虹大と、一緒に……イキたい……」

「嬉しい。大好きだよ、凛世」

逃げられない甘い快楽の罠に落ちて、凛世は必死に彼を感じていた。

どうしようもないほどに、彼の愛に溺れていた。

・・・・・――・・・・・・・・・・――・・・・・・

――好きって、なんだろう。

窓の外は、雨音が続いている。ときに強くなり、ときに弱くなり、けれど雨はやまない。

凛世は、雨の日が嫌いではない。どちらかというと、夜の雨は眠りを深くしてくれる。ひとりじゃないよ、と言われているような気がして、ゆっくり眠れるのだ。

窓ガラスを叩く雨の音を聞きながら、眠る虹大を見つめていると自分の気持ちが浮き上がってくる。

彼のことを、好きだと思う。

でも、好きはたくさん種類のある気持ちで、特に人間に対して感じるそれは親愛も敬愛も家族愛も友愛も、そして恋愛も全部同じ『好き』で表される。

――もちろん、こういうことをしておいて、恋の好きじゃないと言うつもりはないんだけど。

全裸で横たわるベッドは、シーツがよれている。

彼の愛情は、想像以上に直接的に凛世を貫いた。その激しさを、体がしっかりと覚えている。

――好きに、なりたくなかった。

虹大が自分を愛しく思ってくれているのは、催眠アプリのせいだ。その事実を何度も考えたし、何度も自分に言い聞かせた。それなのに、気づいたら好きになってしまった。

――好きになっちゃったんだから、もう仕方ないよ。

たしかに、そう思う気持ちはある。好きをなかったことにはできないのなら、悩むよりも好きを貫く。気の持ちようなのだ。

「……でも、簡単じゃないんだよね」

虹大の黒髪をそっと撫でて、凛世は小さな声でひとりごちた。

彼が資産家だから好きになったわけではない。まして、抱かれたから好きになったわけでもない。

初恋の人と再会したら、好きになってしまった。

――それもちょっときれいに言いすぎ。催眠アプリのせいで、虹大がわたしを好きって思い込んでいて、好きを表現してもらっていたら好きになっちゃった、が正しいんだけど……。

やはり、それも正確ではない気がする。

自分の気持ちの源流なんて、突き詰めたところで結論は出ない。好きはどこまでいっても『好き』以上にも以下にもならないものだ。好きだから、好き。そう言い切る強さが自分の中にあればいい。だが、それでも納得できない部分がある。

恋は、自分ひとりのもの。

そう思う気持ちの裏で、彼の気持ちが何より大事だと感じている。

——ああ、そっか。わたし、虹大にほんとうに好きになってもらいたいんだ。催眠術を抜きにしても、一緒にいたいんだ。

気づいてしまった、欲深い自分。結婚しておいて、さらに彼のほんとうの気持ちもほしいと、凛世はまだ求めているのだ。

——わがままで、ほしがりで、自分勝手。だけど、これはわたしの本音……。

「凛世」

「あ、ごめん、起こしちゃった？」

「んー……」

凛世のほうに寝返りを打った虹大が、ぎゅっと抱きついてくる。

「なんか幸せすぎて、寝てるのがもったいない」

「……そ、そっか」

「それにちょっと、お腹空いた」

くぅうぅ、と小さく彼のお腹が鳴った。言われてみれば、凛世も空腹だ。帰宅してから、ずっと寝室にこもっていた。すでに時刻は二十二時をまわっている。

「何か、軽く食べる？」

「いいね。深夜の食事って、罪悪感を分け合うみたいで好きだよ」

「ふふ、少しわかる」

その後、冷蔵庫に余っていた野菜をたっぷり使ってごま豆乳煮込みうどんをふたりで食べた。なんとなく配信チャンネルでホラー映画を観はじめたら、気づけば続編まで観終わり、午前四時。

「凛世、今日は遅番だよね」

「うん、そう。じゃなきゃ、こんな時間まで映画観る勇気ないよ」

「帰り、迎えに行く」

「えっ、大丈夫。ひとりで帰れるから」

「俺が行きたいんだよ。好きな子を迎えに行くの、考えるだけで幸せになる」

「……う、じゃあその、遠慮なく……」

「遠慮しても、迎えに行きます」

「はい」

「キスもします」

「んっ……!?」

「それで、ふたりで一緒に寝よう」

流れるようにベッドへ戻り、ふたりは並んで横たわる。

「おやすみ、凛世」

「おやすみなさい、また明日」

明け方になって、雨は雪に変わった。積もらない程度の、東京の雪。

――なんだか、こんなふうに誰かと時間を共有するのって初めてかもしれない。わたしは、いつも自分の時間で生きてきたから。

虹大との生活が、次第に凛世の新しい当たり前になっていく。

それが嬉しくて、寂しくて、だけどやっぱり幸せで、そしてとても――怖かった。

第三章　騙したのはどっち？

「いらっしゃいませ。ご注文はお決まりですか？」

「あー、どうしようかな。この、コナブレンドをホットで」

「かしこまりました。テイクアウトとイートイン、どちらになさいますか？」

「イートインで」

幸せを感じるほど、同じくらい罪悪感を覚える。それなのに、どうしようもなく幸せだなんて自分はひどい人間だ。

そんなジレンマを抱える凛世だったが、悩んでいても毎日は続いていく。もとが前向きな性格なこともあって、結果としていうならば目標は大きく分けてふたつに決定できた。

ひとつ、催眠術を解くこと。

虹大を騙したようなかたちで結婚生活を満喫するのは、さすがに気が引ける。それに、いつ解けるかわからない催眠状態を継続するのは、彼の精神面に悪影響があるかもしれない。

そして、もうひとつ。

——わたし自身、不安なままで暮らすのってきついし。

催眠術抜きで、虹大に好きになってもらうこと。

この数カ月、凛世はネットや図書館の資料で催眠術についていろいろ調べてきた。それによれば、催眠状態にあったときのことを、催眠術が解けたあとは覚えていないケースが多々ある。同級会以降の記憶すべてを失うわけではないと思いたいが、少なくとも凛世を好きだと思っていたことは忘れてしまうかもしれない。

そうなったときに、彼に好きになってもらえる自分になりたいのだ。

仕事が忙しいからといって、生活の手を抜かないこと。メイクや服装にも、以前より気を遣うようになった。家のことも彼に任せきりにせず、休みの日は一緒にキッチンに立つ。それから、夜も虹大の好みに合わせ——合わせたい、と思っている。思ってはいるのだが、彼の好みというものがまだつかめない。残念なことに、凛世はそういう方面について知識も経験もお世辞にも豊富とはいえない人生を送ってきてしまった。

——虹大って、いつもサービス精神旺盛だからなあ。わたしに何かしてほしい、みたいなのってあるのかな？

「いらっしゃいませ。ご注文はお決まりですか？」

混雑した朝のコーヒーショップで、凛世はいつもの朗らかな笑顔を絶やすことなくレジ業務を遂行する。社会人生活も五年を過ぎると、頭の中でまったく別のことを考えていても、馴染んだやりとりを問題なくこなすことができるようになった。

――今日は早番だし、帰りに図書館に寄ってみよう。あっ、違う！　図書館に寄るのは、夜のあれこれについてじゃなくて！　調べたいのは催眠術のことで……。

「お会計、七七〇円になります」

「ＱＲコードで」

「かしこまりました。コードを読み取らせていただきます」

いつもと同じ朝、いつもと同じ接客。頭の中だけが、いつもよりも忙しい。

そんな凛世を遠目に見ていたバイトたちはこそりと言い合う。

「最近の店長、作業速度すごいよね」

「うん……。でも、なんかたまに目が遠く見てない？」

「わかる」

「結婚して、幸せボケ、とか……」

「でも、仕事は速いんだよね」

当人が気づいていないだけで、考えごとをしているのは思いのほか筒抜けのようだった。

仕事を終えたあと、図書館に行った凛世は自分で本を探す限界に突き当たった。そもそも催眠術を解くための本をどう探していいかわからない。検索システムで催眠を調べても、あやしげな本が多すぎる。

「すみません、本を探してるんですけど」

「はい。よろしければお手伝いさせてください」

そんな会話が聞こえてきて、ハッとした。図書館にはリファレンスというサービスがあるのだ。

——わたしもリファレンス、お願いしてみようかな。

ちらりと確認すると、返却カウンターには利用者の姿がない。カウンターに座る職員に話しかけるなら今がチャンスだ。

「あの、すみません。あるかわからないんですけど、ちょっと探している本があって」

「はい。どのような本ですか？」

キーボードのホームポジションに両手の指を置き、職員の女性が凛世の言葉を待つ。

「えーと、催眠術を解く方法が書かれている本ってありますか？　あ、催眠術といっても専門家にかけてもらったわけではなくて、わりとこう、素人の……んー、アプリでやった催眠が解けない、みたいな悩みを解決したくて」

一応、言葉は選んだつもりだ。そして、なるべく正しい情報を伝える努力もした。

その結果、職員は、

「え……そ、そうですね……催眠術を解く……」

急に歯切れが悪くなり、困った顔でパソコンの画面を見つめている。

——う、言い方の問題……だけじゃない……!?

それでもなんとか、そういう項目のある本を見つけてもらい、凛世は本を持って帰宅した。残念ながら、この本で役立ったのは「素人が催眠術をかけるのは危険です。この本の作者は、催眠術歴二十年のベテランなので、安易に真似しないでください」ということだけだった。

それならばと、原点に立ち戻る。アプリがサービス終了してしまったことで一度は諦めていたけれど、検索していたときに開発元に問い合わせをすることが可能だと知った。

『このアプリを使用した結果、催眠術が実際に成功しました。しかし、催眠術の解き方がわかりません。方法を教えてください。もしくは、催眠術を解くためのアプリがありましたら教えてください』

問い合わせフォームから連絡をしてみたが、待てど暮らせど返事はない。冷やかしだと思われているのか。もしくは開発元の担当者がすでにいない状態なのか。どちらにしても、返信がないのではどうにもならない。

「あー、もう、どうしたらいいんだろう……」

広々としたリビングのソファに寝転び、凛世はスマホの画面を睨みつける。

虹大がお風呂に入っている間、ひとりのときはたいていこのソファで過ごすのが日課になってきた。なにしろ、とても座り心地がいい。ベッドの高反発マットレスといい、虹大は丁寧に家具を選んだのだろうと推測される。

スマホのブラウザを立ち上げると、検索履歴にはずらり、同じような言葉が並ぶ。「催眠術　解き方」「催眠術　解けない」「催眠術　解きたい」「催眠術　プロ　店舗」などだ。最近ではレコメンドで「洗脳を解く方法」が表示されるため、これについては意味が違う、と頭を抱えていた。催眠と洗脳。世の人々からすれば、それは同じような扱いになるのだろうか。

「はあ、わかんないなぁ」

「何がわかんないの？」

お風呂を上がった虹大が、ソファのうしろに立っている。凛世は反射的にスマホの画面を隠し、クッションの下に突っ込んだ。

「あ、うん。えっと、いろいろ？」

「いろいろって、こっちがわかんないよ」

ふふ、と親密な笑い声を漏らして、虹大が凛世に背後から抱きついてくる。うなじにやわらかなキスの感触を覚えて、びくりと体が緊張した。

「なっ、なな、何、急に……」

「急だった？　ごめん。俺は、凛世といるといつでも抱きしめたいし、いつでもキスしたいからさ」

「……虹大って、ときどきちょっとアレだよね」

「アレ？」

「わたしのこと、好きすぎるっていうか……」

もちろん、それを嬉しいと思う自分がいる。彼に好かれていたい。できることならば、一生、このまま、愛されて生きていきたい。

——だけど、それだけじゃ足りないの。わたしは、ほんとうの虹大がほしい。

「凛世、最近仕事が忙しい？」

尋ねながら、虹大がソファの隣に座った。さっきまでの甘い雰囲気は残っているけれど、彼の表情は真剣だ。

「うーん、忙しくないとは言えないけど、いつもどおりかな……？」

「そのわりに、いつも調べ物しているよね。いろいろ本も読んでるみたいだし」

——それは、主に催眠術関連だよ。

とは、言えない。

言えないけれど、調べ物をしているのは事実なので、以前に「何を読んでるの？」と尋ねられたとき、コーヒー関連の情報をいつも学んでいると言ってしまった。実際、その手の勉強もしてはいるので嘘ではない。多くは催眠関連、というだけで。

「もし、人に使われるのがつらいなら、前にもちらっと話したけど俺が凛世の店に出資してもいいよ」

「そういうのじゃないから、大丈夫だよ」

前にも、彼は冗談めかして凛世に出資すると言い出したことがあった。

――だけど、あのときより真剣味が増してるというか……。

「でも、俺が出資して凛世が自分の店を持てば、もっと自由に好きなように働けるんじゃないかな。凛世だって、いつかは自分の店を持ちたいと思ってるんじゃないの？」

「それは、そうだけど……」

自分の店への憧れはある。そのために貯金もしている。

「だけどね、それはわたしのお店じゃなくなると思う」

「ん？」

「わたしは、虹大にお金を出してもらって好きなことをしたいわけじゃないよ。制限があったって、その中でいい仕事をしたいっていう気持ちもある。それに、いつか自分のお店を持ちたいけど、分不相応なお店をもらったって嬉しくないんだ」

せっかく凛世を思って言ってくれている彼に対して、失礼な言い方になっていないだろうか。

彼を好きだと思う。彼に好かれたいと思う。

その気持ちは、ときに凛世の判断を曇らせてしまいそうで怖い。

――虹大にすればコーヒーショップを開店するくらい、たいした金額じゃないのかもしれないけど、それでも彼ががんばって稼いだお金を使ってほしくない。

「そうか。ごめん、凛世の夢はお金で買えないものなんだな」

「……うん」

彼の優しさがわからないわけではない。大事にしてもらっているのを、嬉しく思わないわけではないのだ。

けれど、必要以上に肩ひじを張ってしまうのは、催眠術をかけた側とかけられた側の間で凛世ばかりが得をするのはよくないことだと思うせいだろう。

催眠状態で結婚した上に、仕事にまで出資させられたなんて、催眠が解けたあとの虹大が知ったら、凛世のことを詐欺師のように感じるかもしれない。そうなるのは、絶対に避けたかった。

「……わたしばかり、幸せなの」

「どういう意味？　俺も、凛世といられて幸せだよ」

「だけど……」

毎日おいしい食事を作ってもらっている。洗濯も掃除もしてくれる虹大。こんな広くて豪華なマンション、凛世のお給料では逆立ちしたって住めやしない。

「ごめん」

虹大がもう一度、頭を下げた。

「謝らないで。虹大は何も悪くない」

「いや、凛世につらい思いをさせているのが俺なら、やっぱり悪いと思う。それに、きみに喜んでほしいからって金で解決するようなやり方を提案したのはずるいよな。俺はただ、凛世の夢を応援したかったんだ。その夢に、少しだけ俺も食い込めたらいいなと思った」

「虹大……」

「ずっと、きみと一緒にいたい。それだけだよ。俺の願いなんて、そのくらいしかないんだ。凛世が笑ってくれて、凛世が幸せでいてくれて、俺の隣にいてくれる。それだけで、今まで感じたことがないくらいに満ち足りているんだ」

「…………」

――だけど、わたしを好きでいてくれるのは催眠のせい。

「だから、笑って。困った顔させて、ごめんね」

「ううん……。わたしのほうこそ、ごめんなさい」

「んー、なんだかケンカしていないのに仲直りみたいな流れだ」

虹大のおどけた言い方に、ふたりでくすっと笑った。彼は、もともと言葉の多い人ではない。だけど、いつも一緒にいる人の心をしっかりつかんでしまう。

「……虹大で、よかった」

「うん？」

——好きになった人が、催眠術をかけてしまった人が、虹大でよかった。結婚したのも、虹大だから……。

凛世は、何も言わずに彼の唇に自分のそれを重ねた。

今は夜。凛世の目標その二である、彼に好きになってもらうこと。その方法というか、自分にできることというか、とにかく夜の夫婦生活についても改善の余地があるはずだ。

何も言わず、彼の太腿をまたいで抱きつくと、耳元でせつなげな吐息が聞こえた。

「凛世、俺のこと誘ってくれてたり……する？」

「そのつもりだけど、なんかあの、すごく……」

「すごく？」

「恥ずかしいっ……」

「ははっ、いいなあ、その反応。せっかくだから、もう少し凛世にまかせてみようかな？」

「困るの。助け舟、ください！」

「はい。喜んで」

ふたりの時間が幸せで満ちていく。日に日に、彼に恋していく。

手助けを約束してくれた彼は、凛世を抱き上げて寝室へ向かった。甘い夜の始まりに、世界が音を失う。聞こえるのは、虹大の息遣いと鼓動だけ——。

・・・・・・・・・・・・・・・・・・・・・・・・

バレンタインデーの一週間前、中学時代の友人である未央たちから飲みに行こうと連絡があった。トークルームでは頻繁に話しているけれど、顔を合わせる機会は多くない。今回は、バレンタインの限定ハイティーのお誘いだ。

一般的にハイティーよりもアフタヌーンティーのほうが有名だが、最近は都内だとハイティーのプランが増えてきている。アフタヌーンティーはお菓子や軽食をメインに料理を組み立てるが、ハイティーは夕食と兼用となるため肉料理やお酒が出る。いわゆるイブニングハイティーと呼ばれるもので、ほかにもモーニングハイティーやナイトハイティーなど、お茶を飲む目的や時間帯によって名称は異なる。

——気分転換に、行っちゃおうかな。

考えてみたら、結婚してから飲みに行くのは初めてだ。普段からそれほど外で飲むほうではないのもあるけれど、ここ最近は虹大としか外食もしていない。

「虹大、来週なんだけど中学のお友だちと飲みに行ってきていい？」

「いいよ。たまにはゆっくり羽を伸ばしておいでよ」

「ありがとう」

「俺のほうこそ、ありがとう」

「……なんで、虹大がありがとう？」

「出かける約束するときに、俺のことを思い出してくれたから」

——たかが、それだけで!?

驚きが顔に出ていたのだろう。彼は「好きだから仕方ない」と笑った。

だけど、結婚しても何かが変わったわけではないと思っていた自分が、間違っていたことを実感する。以前だったら、飲みに行くのに誰かの許可を取るなんて考えもしなかった。ひとりで過ごした時間が長いと、自分で自分の舵を取るのが当然になっていたのだ。

「でも、俺の許可を取らなくてもいいんだよ。凛世には、好きなことをしてほしいんだ」

「虹大は、すごく……」

うまく表現できないけれど、彼はいつも凛世を自由にさせてくれる。束縛せずに、好きなところへ行き、好きなことをして生きるのを肯定してくれる。

――だけど、どこに行ってもかならず虹大のところに戻ってくるよう、しっかり教え込まれてる感じっていうか。

「すごく、何？」

「んー、すごく、わたしを自由にしてくれる」

それは、凛世にとっては特別な存在と言っても過言ではない。

実家の家族に対しても、どこか遠慮がちな自分を知っている。迷惑をかけないように、いつも周囲の空気を探ってしまう。友人といてもそうだし、職場ではなおさらだ。

「それ、気になる。もう少し詳しく聞いていい？」

「たいしたことじゃないの。だけど、なんだろう。自然でいられるっていうか、わたしのままでいいって認めてくれてるのがわかるっていうか……」

もっとうまく伝えたいのに、言葉にする前に頭の中にあるイメージが逃げていってしまう。ずっと見守っていてくれて、待っていてくれて、凛世のことを尊重してくれて――。

「あ！　飼い主！」

「ん？」

「あのね、虹大が飼い主なの。それで、わたしが公園に連れてきてもらった犬。そう、そういう感じ」

いちばんイメージする雰囲気に近いものを見つけたと思ったのだが、彼は凛世の言葉を聞いて口元に手を当て笑い出した。

「ええ、どうして……」

「どうしてって、こっちがどうしてだよ。なんで突然、俺は飼い主になった？　それに、凛世は犬なの？　俺の飼い犬ってこと？」

「そういう、イメージ」

「んー、そういうイメージか」

ぽんぽん、と頭を撫でられる。目線を合わせて、彼が微笑んだ。

「俺にとって、凛世は最初からずっと人間の女の子だったけど、言われてみればちょっと犬っぽさもある、かな」

「もう、これは関係性の話で、わたしが犬だってことじゃありませんっ」

「ははっ、むきになった凛世もかわいいよ」

ひたいをくっつけて、虹大が目を閉じる。もしかしたら彼は目の前にいる凛世ではなく、中学時代の自分を見ているのかもしれない。ときどき、そう感じることがあった。だけど、それは凛世も同じだ。彼の中に、十五歳の虹大を探してしまうときがある。お互いに、幼いころを知っているからだろう。

——そして、わたしにとってはあのころの虹大が、救いだったから。

「飲み会、楽しんでおいで。帰ってきたら、飼い主にいろいろ話して聞かせてね」

「……わん」

凛世の返事に、彼がまた笑ったのは言うまでもない。

鏡の前で、凛世は口紅を塗り直す。仕事を終えてから来たので、特別なおしゃれはできない。だけど、ホテルのラウンジでハイティーをするとなれば、多少は身なりにも気を遣う。

——虹大と一緒に住んでから、少しでもかわいく見られたくていろいろ買っちゃったな。

「あれ、凛世？」

「志都香！　あはは、お手洗いで会うとは思わなかったね」

「こっちのセリフだよ～」

中学時代、彼女は虹大を好きだった。唐突にそのことを思い出し、凛世はかすかに緊張を覚える。

まだ友人たちには結婚のことを話していない。今日は、できれば何も言わずに済ませたいと思っていた。

「ねえ、うちのお母さんが凛世のお母さんから聞いたらしいんだけどさ」

「ん？」

「結婚したって、ほんと？」

「っっ……え、えっと……それは……」

中学時代の友人は、学区の関係でお互いの実家が近くにある。そして、凛世は実家の母に結婚の話題を口止めなんてしていなかった。なるほど、こういうバレ方もあるらしい。

「うちらの中で、凛世が二番目に既婚者だよ。びっくりしたわ」

「そう、だよね。えーと、でも詳しくはまた今度というか」

未央、志都香、加恵、そして凛世。四人の中で最初に結婚したのは、志都香だった。

「うんうん、あとでみんなと一緒に聞くからね！」

――逃げられない、かも。

できることなら、黙っておきたかった。

彼の催眠術が解けたら、結婚だってなかったことにしたいと言われるかもしれないのだから。

「今夜はお酒がおいしくなりそう！」

「はは、そう、だね……」

――わたしは、胃痛でお酒飲めないかもしれないけど！

化粧室を出ると、待ち合わせのラウンジ前に未央と加恵がそろって立っていた。ふたりが、こちらに気づいて手を振る。冬物のコートが、いつもより重くなった気がした。もちろん、そんなことはない。なんならこのコートは、今シーズンに買った新品だ。

「えっ？」

「は？　どういうこと？」

　合流した四人で乾杯をしたあと、テーブルに案内されてフリーフローのメニューから先に飲み物を注文する。ホールスタッフが立ち去ると、早速志都香が凛世の結婚を報告した。

　未央と加恵の表情がこわばったのを見て、やはり結婚相手については言わずにおきたい気持ちになる。別に友人たちを信用していないという意味ではないのだ。あの明日見虹大と結婚したとなれば、経緯を聞かれるのは当然だ。そして、自分が彼の隣に並ぶのに似合っていないのは自覚がある。さらには、催眠アプリ婚だなんて、明かしようがなかった。

「えっと、実は結婚したんだ。急だったから、披露宴もしてなくてみんなには連絡が遅くなったけど……」

　数秒の沈黙に、耐えきれない。いっそ、ごめんなさいと頭を下げてすべてを暴露してしまおうか。いや、それだけはやめておこう。ふたりの自分がぐるぐるしているところに、

「おめでとう、凛世！」

「早く教えてよー、ばかばか！」

「凛世が幸せになって嬉しいに決まってるでしょ！」

　と、友人たちの声が降り注ぐ。ああ、と声が出そうになった。ああ、わたしはどうして

悪い想像しかできなかったんだろう、と。

「ありがとう、みんな……」

ときどき耳に痛い言葉をくれるのは、彼女たちが自分を想ってくれているから。もちろん、好奇心が勝るときもある。それでも、心配してくれていた。そのことを失念していた自分が恥ずかしかった。

「で、相手は?」

「う……」

――そうなるよね……!

友だちに言えない結婚なんて、たぶん凛世のほうが間違っている。わかっているからこそ、秘密にしようとしていた。ただし、虹大は別に秘密にしてほしいなんて思っていない。彼は――催眠術にかかった彼は、凛世との幸せな結婚という幻想を見ている。その幻想に、自分も一緒に乗せてもらっている自覚があった。

「職場の人?」

「違う、かな。あ、でも何度かお店にも来てくれたことはあって」

同級会で再会する前に、彼は凛世の働くホクラニコーヒーを訪れていた。

「じゃあ、どこで知り合ったの?」

「知り合ったのは、わりと昔、というか」

「学生のころの知り合い？　大学とか？」

「もうちょっと、前、かな……」

「高校？」

「や、うん、その……」

「まさか、中学の同級生⁉」

「……はい」

場所が居酒屋ではなく、ラウンジでよかった。そうでなければ、ここで確実に「ええー⁉」と全員が異口同音に声をあげたに違いない。

実際、声のボリュームは絞っていたけれど、友人たちが目をぎらりと光らせた。

「わかった。じゃあ、今日は探偵モードということで」

テーブルの上に肘をつき、両手を組み合わせた加恵が残りの三人を見回す。

「待って、わかんない。どういうこと」

未央は混乱に息を吐く。

「つまり、今日の肴は凛世の結婚相手ってことよ」

察しの早い志都香の言葉に、加恵が無言でうなずいた。

「あの……、そこまでしなくてもちゃんと言うよ。大丈夫だよ」

さすがにバツが悪くなり、凛世がおろおろしながら告げると、

「凛世は黙ってて」

いつだって中心人物の加恵が、肩にぽんと手を置いた。

ホールスタッフが、ワゴンを押してテーブルにやってくると、ハイティースタンドに盛りつけられたオードブルがテーブルの中央に設置される。お店によって違うのかもしれないが、ここのラウンジではふたり分のスタンドがふたつ。

料理はビアシンケンとレモンの小さいサンドイッチ、クリームスピナッチ、リコッタチーズと生ハムのテリーヌ、白いお魚とアスパラガスのマリネ、魚介のクロカンテ、鴨ロースのホースラディッシュ添え、エビとチキンとブルーチーズのキッシュ、ピーカンナッツのパイ。どれもひと口サイズだが、丁寧にアレンジメントを施されている。

まずは、全員がスマホを取り出した。せっかくの美しいスタンドだ。凛世も、角度を変えて二枚写真を撮った。

――写真といえば、明日の午前中にウェディングフォトの選んだ分が届くんだっけ？

撮影データが先に届けられ、その中からプリントしたいもの、プリントのサイズ、紙の種類などを選択したのだが、フォトスタジオからその発送連絡が来たと虹大が言っていた。

「見て、このキッシュ、かわいくない？」

「ミニチュアみたいでかわいい」

「でも、ひと口でなくなっちゃう！」

しばらくは、凜世の結婚相手について言及することも忘れ、皆が料理とお酒を堪能する。

凜世は、スパークリングワインを二杯飲み、気持ちがふわふわしはじめていた。

「――それで、凜世の結婚相手、そろそろ当てにいく？」

話の流れを変えたのは、やはり加恵だ。彼女は、中学のころからチア部でいつも人の中心にいる。ヒエラルキー最上位の目立つかわいい女子だった。加恵が右といえばみんなが右を向くし、左といえば一斉に左を向く。オピニオンリーダーでもある。

「ヒント！　ヒントがほしい」

「あ、たしかに。じゃあヒントひとつにつき、それぞれ一回解答する流れでどう？」

「そうしよ！」

「じゃ、凜世、最初のヒントちょうだい」

「う、うん……」

――つまり、中学時代の虹大の特徴みたいなものを言っていけばいいってことだよね。

虹大といえば、虹大といえば……？

「笑うと鼻のここにシワが寄るの」

自分の鼻の付け根を指さして、凜世は言った。なるべく、すぐにわからないものを選ぶ。

「ええ？　そんなの、誰かいた？」

「んー、難しい。ぜんぜん思い浮かばない」

「あっ、はいはい、わたし、ひとり思いついた。サッカー部の島田くん」

「違います」

ぼんやりと顔は思い出せるけれど、話した記憶はあまりない。

「凛世の好みでしょ。だったら、もう少し秘密主義っぽい人かな。普段はあんまり笑わなそうな……」

加恵の言葉は、的を射ている。だが、あのころの凛世が虹大とふたりでこっそり話していたことを、友人たちは知らないはずだ。

「んー、あの子は？　美術部の、なんだっけ、すごい賞もらって、今は海外にいるっていう」

「初倉？　でも、海外にいるなら結婚してなくない？」

「えっ、凛世、もしかして海外行っちゃうの⁉」

「や、違うから」

海外留学をしているという初倉は、先日の同級会にも顔を出していなかった。彼ともほとんど接点はない。

――誰も、虹大だとは思わないんだ。まあ、そうだよね。わたしだって、自分が虹大と結婚するなんて想像もしなかった。

それから、誰かの名前が上がるたび、彼は今どうしてる、あのころこうだった、なんて話で盛り上がりながら四人は楽しい時間を過ごした。そろそろ二時間が経とうというころ、もしかしたらこのまま虹大の名前を出さずに済むかもしれない、と凛世は思う。アルコールが入っているため、みんな今日の本題がなんだったか忘れはじめている。懐かしいクラスメイトの話題が続いた。

自分から、言うべきだろうか。

ずっと凛世の心配をしてくれて、仕事の相談にも乗ってくれた、大事な友人たち。彼女たちにすら明かさないのは、あまりに情がない。

「あのね、実は――」

意を決して口を開いた凛世だったが、それにかぶせるように加恵の声が響く。

「えっ、明日見くん？」

「は、はいっ」

そうです、と続けそうになったところに、「ほんとだ、なんで？」「えー、偶然！」と未央と志都香の声が重なった。

――ん？　んん？

ホールスタッフに案内されて、黒いコートをカジュアルに着こなした虹大が歩いてくるではないか。

「凛世」

彼は、いつもと同じやわらかな笑顔で軽く右手を挙げる。

「ごめん、そろそろ時間かなと思って迎えに来たんだけど……」

邪魔だったかな、と虹大がかつてのクラスメイトたちを見回した。

「え、待って、待って！」

「これって、つまり……」

「凛世の結婚相手って、明日見くんだったってこと!?」

加恵、志都香、未央の六つの目が凛世に集中する。誰も、想像しなかったのだろう。三人とも、今日いちばんの驚きを瞳に宿していた。

「凛世、まだ言ってなかったの？」

虹大は、少し困った笑い方で尋ねてくる。彼としては、複雑な心境かもしれない。結婚相手である自分のことを、秘密にされていた状況だ。

「みんなが、わたしの結婚相手を当ててるゲームをしていたから、うん」

「そうだったんだ。じゃあ、あらためて。俺たち、結婚したんだ。これからも凛世のことよろしく」

きゃあ、とラウンジにあまり似つかわしくない黄色い声が上がる。虹大が形良い唇の前に、人差し指を立ててみせた。

「もう、もうもうもう！　凛世ったら、言ってよ！」

「うちら、誰も当てられなかったし！」

「だって、明日見くんと凛世だよ？　想像もしなかったぁ！」

「う、うん。とりあえず、いったん落ち着こうか。それと、そろそろ時間だし、お店出ないとね」

「あー、これは二次会ですね。二次会だわ。明日見くんも一緒に来てもらうから。根掘り葉掘り聞かせてもらわないと！」

ラウンジを出ると、ホテルの正面入り口のガラス越しに夜空が見えた。明日は遅番なので、あと数時間なら飲みに行っても平気な算段だ。けれど、虹大は迎えに来たと言っている。このまま皆で飲みに行けば、間違いなく彼が次の肴だ。

「ね、明日見くん、行こ？」

加恵が、黒いコートの袖口を自然な仕草でつかむ。ほんの一瞬、胸がささくれ立つ感覚があった。

——虹大は、わたしの夫なのに。

そう思ってから、自分にはなんの権利もないことを思い出す。この結婚は、恋愛による結びつきではない。まして彼は、ただの被害者だ。

「みんなで飲もう。同級会番外編だよ」

「いいでしょ、凛世？」

「あ！」

うん、の二文字を言う前に、虹大が凛世をコートごと引き寄せる。

「ごめん、凛世は明日も早番なんだ。俺のかわいい奥さん、頑張りやだから無理させないでもらっていい？」

――え、遅番だって虹大知ってるよね？

見上げた先、彼は愛想よく微笑んでいた。中学のころとは違う。同級会のときとも違う。そして、凛世とふたりでいるときとも異なる笑顔だった。

「なんか、明日見くん変わったたね」

「そう？」

「雰囲気、やわらかくなった。昔からきれいな顔だったけど、今のほうがもっと美形って感じする」

志都香の言葉に、凛世も小さくうなずく。

だが、今日の虹大は――たぶん、営業用の笑い方をしている。凛世も仕事のために、社会人らしく振る舞うための表情を身につけた。それと同じ空気を感じた。

――普段の虹大は、もっと自然でもっと優しくて、もっともっと幸せそうに笑うから。

それを知るのは自分だけだと思うと、ひそかな優越感が胸にこみ上げる。彼のことを、知っている。そう思えるのは、凛世と虹大が夫婦だからではない。彼がそう思えるよう、凛世を特別に扱って接してくれているおかげなのだ。

——わたしは、虹大にたくさん優しくしてもらってる。たくさん、愛情を与えてもらっている。

「ということで、駅までの間、皆さんの質問に答えます。きみたちの大事な凛世と結婚したからには、そのくらいの対価は払うよ？」

「言うじゃん、明日見くん」

宣言どおり、駅まで歩く道すがら、虹大と凛世は質問攻めにあった。どちらから告白したのか、相手のどういうところが好きなのか。いわゆる恋バナの定番だ。けれど、ほとんどの質問に虹大が答えてくれる。

「俺のほうから告白したよ。昔から、凛世のことが好きだったから」

「昔って？　中学のころから？」

「そう。あのころは、言えなかったけどね」

「はぁ〜。そうだったんだ……」

「凛世はほんと、幸せ者だよね」

催眠アプリのことを誰も知らないまま、駅が近づいてきた。ほんとうにこれでいいのだろうか。知られたくないのは当然だが、言わないでいるのは嘘をつくのと同義にも思う。都合のいい部分だけを切り出して、きれいな思い出のように語るのはずるい。

——だけど、催眠術で虹大と結婚したなんて、さすがに……。

「そういえば、凛世がちょっと前に催眠の解き方を聞いてきたの、なんだったの？」

不意に、志都香が凛世を覗き込んできた。まずい、と思った瞬間、喉が引きつる。

「あー、なんか切羽詰まってたよね」

「もしかして、明日見くんに催眠術かけちゃったとか⁉」

「………」

なんて言えばいいのだろうか。凛世が催眠アプリを使ったせいで、彼が——。

「うそ、図星⁉」

「違うよ。俺は中学のころから、凛世に片思いしてたから」

凛世の腰を引き寄せ、彼は笑顔でその場を制圧してしまう。美しくて聡明で、いつだって周囲の目を釘付けにする虹大。彼のほんとうの優しさを、凛世は知っている。

「もう、その話はさっきも聞いたってば」

「もっと詳しく教えてほしいな」

「ははっ、秘密。これは俺たちの大事な馴れ初めだから。ね、凛世？」

「え、あ、うん」

そこに嘘はない。

あのころの、似た寂しさを抱えていたふたりは、ほかの誰にも明かせなかった思い出だ。

「そっかぁ。ほんとうに催眠術で明日見くんと結婚できるなら、わたしもしたかったな」

「いや、無理でしょ」

「無理？　ワンチャン？」

「ないない」

笑う友人たちの声を聞きながら、凛世は彼の横顔を見上げる。

凛世の視線に気づき、虹大が目だけで笑いかけてきた。

——好き、この人が好き。

「それじゃ、俺たちは向こうだから。今日は急に来てごめん。これからも凛世のことよろしく」

「はーい。それじゃね」

「またね、明日見くん、凛世！」

ホテルを出るときには晴れていた夜空に、ゆっくりと雲がかかっている。薄雲に隠れた月が朧に滲んでいた。

「帰ろう、凛世」

「……あの、虹大」

「ん？」

ふたりきりになった途端、彼の笑顔は表層の皮膚を剝がしたように別ものに変わる。

さっきまでは、整えた笑顔。今は、凛世にだけ見せてくれる少し夢見がちな、恍惚に似た甘い微笑みだ。

「明日、わたし、早番じゃないよね」

「そうだね」

――やっぱり、知ってたんだ。

「凛世は、いつも少しだけ無理をしてるでしょ。あ、自覚してるかどうかは別なんだけど、俺にはそう見えるって意味でね」

「………………」

見透かされている。たしかに、凛世は「迷惑をかけないように」といつも思っている。人の話を遮らないように、誰かの気分を害さないように。それでも、うまくいかないこともあった。

「俺は、凛世のそういう優しさが好きだよ。だけど、凛世自身にもっと優しくしてほしいと思う。だから、勝手だけど俺が凛世の分まで凛世に優しくすることにしてるんだ」

改札を通って、ホームへ向かう。黒いコートにグレーのパンツ、マフラーを巻いた虹大の広い背中を、凛世はじっと見つめていた。

何か言ったら、泣き出してしまいそうだった。

こんなふうに自分を見ていてくれる人が、この世界には存在する。いつも自分をぎゅっと抑え込んで、うまく笑えないことに傷ついていた。どうしてみんなと同じようにできないんだろう。何が足りないんだろう。何が悪いんだろう。考えるほどに、自分が自分でなくなっていく。ひとりになるのが怖いけれど、誰かといるのも寂しい。

そんなの、ただのわがままだと自分に言い聞かせた。

父が亡くなったのは、もう二十年も前のことで。未だに心のどこかで悲しさの種を抱きしめている。母は、再婚した。新しい家庭ができた。そこに凜世もいたけれど、ほんとうは寂しかった。お父さんはお盆にどこへ帰ればいいの、と訊くことはできなかった。継父も異父妹も、みんな優しい人なのに、どうして自分は亡き父のことを恋しく思ってしまうのだろう。

「迷惑を、かけないように」

虹大が、文節を区切って丁寧に発音した。

それはかつて、教室のすみで凜世が言った言葉だったかもしれない。

あるいは、今の凜世の心に染みついた習慣かもしれない。

ホームに快速列車が入ってきて、コートの裾が大きく翻る。マフラーのフリンジが、不規則に風に揺れた。

「電車、乗ろう。今夜は雪の予報だよ」

虹大に手を引かれて乗り込んだ車内は、空調が効いて暖かい。

――でも、虹大の手のほうがもっとあったかいよ……。

ふたりは、最寄り駅に電車が到着するまで黙って手をつないでいた。

「わあ、雪！　虹大、見て、雪が降ってる」

予報を知っていても、ふわふわと白い雪が降りしきる様を前に凛世は思わず声をあげた。東京の雪は、湿っていることが多い。けれど、今日は気温が低いせいか、見るからにやわらかな雪が街に薄く積もりはじめていた。

「傘、どうしようか」

駅前のコンビニの明かりを横目に、彼がそっと凛世の手を握る。

「いらないいんじゃない？」

「きみはいつもそうだ。雨が降っても雪が降っても」

「だって、あのマンションにビニール傘を置くの、なんだかヘンな気がするから」

「別に、どこにだってビニール傘くらいあるよ。でも――そうだな。今日は、雪と一緒に帰ろうか。その代わり、帰ったらすぐあったかくすること。いい？」

「はーい」

若干の酔いもあって、凛世は子どものような返事をした。でまかせの歌をうたって、雪を堪能する。

「虹大は、手があったかい」

「凛世が冷たいんだと思うよ」

「それは……うーん、否定できないかなぁ」

「ほんとうは、あのころも触れてみたかった」

彼の左手にやんわりと力がこもる。痛いわけではない。ただ、その指に、手に、彼の気持ちが託されている気がした。

「中学生のころ？」

「そうだよ。凛世はいつも、誰かのために笑ってた」

「……そんな、こと」

ないよ、と言えるだろうか。

継父も母も優しくて、異父妹からはお姉ちゃんと慕われて、更家家は幸せだったと思う。だけど、更家という名字はほんとうの父のものではない。そのことを小さな妹は知らず、知っている大人たちは口に出さなかった。

——わたしは、何も言わないほうがいいんだと思った。

寂しいなんて言ったら、心配される。今はこんなに幸せなのに、贅沢だと言われるかもしれない。それが怖かった。

——こわい、こわかった。誰かに嫌われることが、誰かに邪魔だと思われることが、誰かに自分を否定されてしまうことが……。

迷惑をかけないように。

それは、表層にある思いでしかない。

ほんとうのほんとうは、いつだって怖くて仕方なかった。

「わたしね、たぶん、いろんなものが怖かったの」

「うん」

雪がしんしんと降ってくる。夜空は雲に覆われて、いつもの住宅街が少しだけ景色を変える。

「違うかな。今もたぶん、怖い。だから……虹大と結婚したって、みんなに自分から言えなかった」

もしも。

中学三年のあのとき、ほんとうは凛世が虹大を好きだったと知られたら、友人に嘘をついていたとバレてしまう。虹大に恋していた志都香はどう思うだろう。志都香を応援していた加恵は、未央は、凛世のことを嘘つきと思うかもしれない。

——だから、言えなかった。

「俺と一緒にいるのが、嫌なわけじゃないんだよね」

「違うよ。虹大といると幸せだから、怖くなる」

「そういう意味では、俺も怖くなるよ」

立ち止まった虹大が、じっとこちらを見つめていた。彼の目に、街灯が映り込む。

「虹大……？」

「凛世は、今でも周囲に迷惑をかけるのを怖がってるよね？」

「……うん」

「中学のときも、言ってた。それを聞いて、ああ、俺たちは少し似てるって思った」

制服を着ていた、十五歳の季節。

あのころ、虹大にしか話さなかったことがたくさんある。亡くなった父のこと、継父と母のこと、異父妹のこと、そして父を忘れてしまうのが怖いこと。だけど、誰かに言ったら迷惑をかけるんじゃないかと、いつも笑って黙る道を選んでしまうこと――。

「今だって、できるなら誰にも迷惑をかけずに生きていきたいよ。でも、それが驕った考えだってわかってる。人はひとりじゃ生きられない。たくさんの目に見えない誰かに助けてもらって、わたしは今、ここにいる」

「そうかもしれない。だけど、そういうことじゃないんだ」

虹大が、泣きたくなるほど優しい目をしているから、凛世の心も震えてしまう。

この人が、好き。

この人と、一緒にいたい。

「俺はね、凛世にならら迷惑だってかけられたいよ」

「こう、だい……」

彼の前髪に、白い雪が落ちてくる。ふわり、ふわり、と花のように散っては黒髪を彩る雪たち。それが、涙で少し滲んでいく。

——ほんとうは、誰かに……。ううん、虹大に、好きな人に、そう言ってもらいたかったんだ、わたし。

臆病で怖がりなところを、許してもらいたかった。認めてもらいたかった。そんな凛世でも好きだと言ってもらいたかった。そのままでいいと、今のまま、ありのままの凛世でいいと受け止めてもらいたかった。

——でもね、それがどれほど傲慢な願いか、知っているの。だから言うのが……怖かった。

東京の街に雪が降る。

遠くのビルは、まだどの窓も電気がついていた。誰かがあそこで働いている。

「迷惑をかけられても、凛世を好きな気持ちは変わらない。だから、俺といるときは何も怖がらなくていい。俺は、凛世の全部が好きなんだ」

人の気持ちに永遠はない。

それでもいい。今、この一瞬。彼が自分を好きだと言ってくれている。

「雪、積もってる」

ふっと笑った虹大が、凛世の前髪を払う。彼の手は、そのまま頭頂を撫でておろした長い髪をたどっていく。

「雪の積もった凛世も、好き」

「それ、嬉しいのかどうかわからないけど……」

「雨に濡れても、砂漠で乾いても、真夏に化粧が汗で流れ落ちても、どんな凛世も愛してる」

「っっ……」

「ねえ、凛世。今ここでキスするために、なんて言ったらいいか教えてよ」

その言い方に、覚えがあった。

初めてふたりがキスしたときも、彼は「キスしたいときって、なんて言ったらいい？」と尋ねてきた。

あれから、まだそれほど時間が経っていないのに。

——何度、キスしたかわからない。何度もして、何度も好きだと言ってくれた。

「明日見くん」

わざとそう呼びかけると、虹大が察した様子で目を細める。

「何、更家さん」

「そういうときはね——」

つないだ手を、ぎゅっと握って。

凛世は目を閉じる。

「何も言わなくていいよ。もう、ちゃんと伝わったから」

「では、遠慮なく」

誰に見られるかわからない場所でキスをするだなんて、以前の凛世なら考えられないことだったのに。

——虹大となら、いつだって、どこだってキスしたい。

触れた唇に、かすかな雪の香りが残る。離れてしまえば、もどかしくて。もっと、もっとキスしたくなる。

「中毒になりそう」

「何それ」

「凛世中毒」

「なんか、わたし、悪いおくすりみたいだけど……」

「じゃあ、凛世依存症？」

「やだ、そんなの」

「早く帰って、ふたりきりになりたい」

「……わたしも、虹大とふたりになりたい」

もう言葉はいらなかった。

ほしいものは、同じだとわかっている。

――この結婚、なかったことにしたいなんて思えなくなってる。わたし、このまま虹大を騙したままでもそばにいたいって思ってるんだ。

街に降り積もる雪は冷たいのに、つないだ手はじんと熱い。

永遠なんてどこにもないと知っていて、それでも願う。この瞬間が、永遠であればいいのにと――。


……………………………………


玄関のドアを開けて、閉めるまでの時間はたぶん二秒に満たなかった。

虹大は、凛世を自分の体に巻き込むようにして後ろ手にドアを閉める。オートロック錠が、かちりと小さな音を立てた。

「……っ、は……」

呼吸さえ奪う勢いで、唇が塞がれる。

――いつもと、違う。

普段の虹大は、凛世の反応を確認しながらことを進めていく。けれど、今日はこらえきれない衝動をそのままぶつけてくるようで。おかしな話だが、彼の魂に直接触れている気がして嬉しかった。求められているのだと、強く伝わってくる。

おろしたてのチェックの切り替えがあるレトロコートが、足元に落ちていった。それすら気にならない。口紅が虹大の唇に移る。凛世はそれを見上げて、右手の親指で拭った。

「口紅、ついてる」

「もっとつけて。俺の体のいたるところに、凛世のキスがほしい」

玄関先だからというのもあるかもしれないが、ふたりは息をひそめてキスをする。切羽詰まった無声音が、ひどく淫猥に響いた。

「もう、いたるところって……」

「全部。俺の全部、凛世のものだから、好きにしていいよ。どこに歯を立てても、どこに爪を立ててもかまわない。きみがくれるものなら、嘘でも毒でも罪でも罰でも、すべて俺にとっては愛なんだ」

「そんなの、あげないよ」

白いインナーを脱ぎ捨てた虹大の、すべらかな肌。凛世は指腹を這わせて、彼の筋肉をなぞる。

「どうして?」

「あげるなら、もっと……」

心臓の位置に、唇を寄せた。

優しく吸い上げると、虹大が吐息を漏らす。

「もっと、一緒に幸せになれるものがいい。だから、虹大もわたしに本音を聞かせて」

「俺の本音は、凛世が好きってことだけど？」

「それ以外も」

「ほかに……何があるんだろうな。俺は、凛世のことばかり考えてる。きみが仕事に出かけたあと、帰ってくるまでに何をしたら喜んでもらえるか、いつだってそればかりだよ」

「……嬉しい、けど、ほかにもいろいろ……」

「ごめんね、凛世」

スカートのファスナーが下ろされて、そのまま体を抱き上げられる。

「や、何……」

「ごめん、俺にはほかに何もないんだ。今の俺にあるのは、凛世が好きで凛世がほしくて、凛世をどうしたら俺だけのものにできるか、それだけなんだ」

だから、と彼が凛世の胸に顔を近づけた。

さっき、凛世が彼にキスしたのと同じ、心臓の真上。そこにちろりと舌が這う。

「んっ……」

「本音は、俺の心臓に聞いてよ」

「ぁ、あ、虹大……っ」

ブラから盛り上がった胸の上、虹大が大きく口を開けて歯を立てる。噛まれているのとはちょっと違って、けれど少しだけ皮膚がざわつく。

「――好きだ」

暗がりに、彼の素肌が薄く発光しているように見えた。

「好きだよ、凛世」

「ん、ぁッ……！」

強く吸い上げられ、膝が緩む。虹大は内腿に指を這わせると、鼠径部に親指をあてがった。

「は……ぁ、虹大……」

「ごめんね、こんなところでがっついて」

親指の腹が、すりすりと凛世を下着の上から撫でる。その間も、虹大はブラをずらしてやわらかな乳房にキスを繰り返していた。

「かわいくて、我慢できない……」

「な、んで……」

「俺のこと、友だちに言いたくなかったんだよね？　バラされたときの凛世、すごく困ってた。ねえ、俺はきみに迷惑をかけられたとしても。きっと好きなままだよ。その代わり、俺がきみを困らせても許してくれる……?」

下着越しに、花芽をかり、と引っ掻かれる。

凛世は目をきつく閉じた。

「感じすぎて困ってる凛世が見たい。ねえ、見せて、いいよね?」

「虹大、それ、本気……?」

「本気だよ。俺は、凛世の全部が好き。だからもっと困らせて、もっと俺に迷惑をかけたって後悔させて、俺から逃げられなくなるまで愛したいんだ」

「んっ……!」

下着が膝まで下ろされて、凛世は寒さに両腕で自分の体を抱きしめた。

「ごめん、寒いよね」

玄関に膝をついた虹大が、眼下からこちらを見上げてくる。前髪が、溶けた雪でかすかに湿っていた。

「でも、このまま玄関で一度イッて」

「なんで、こんなとこで……?」

「きっと、俺が少し悔しかったせいだよ。俺といるときより、凛世が楽しそうに見えて嫉妬したんだ」

そんなことない、と言うよりも早く、彼は凛世の脚の間に顔を埋めた。

一瞬、何が起こったのかわからない。思考が追いつかない。考えるよりも先に、体が快感に疼いていた。

「っっ……、ぁ、あ、何……っ」

「何って、凛世の感じやすいところを舐めてるんだよ。わかる？　ここ、ぷっくり膨らんでるね」

「んぁ、ああっ」

やわらかくて温かな舌が、ねっとりと凛世の感じやすい部分をたどっていく。花芽を弾いて、蜜口をつつき、キスするときと同じように舌を中まで割り込ませてくる。

——何、これ。こんなの……知らない……！

全身が震えて、立っているのもやっとだ。凛世は、虹大の肩に手を置いて必死に奥歯を噛みしめる。ともすれば、あられもない声が漏れてしまいそうになる。しかし、ここは玄関だ。いくら防音設備の整ったマンションだって、外廊下を歩いている人に聞こえてしまうかもしれない。

「ひ……ぅ……っ」

「こんなに勃ってるのに、我慢しちゃうんだ？　だったら——」

ちゅうぅ、と強く花芽を吸われる。

腰からうなじまで、体の中を稲妻が走り抜けるような快感が襲った。蜜口がきゅんと狭まり、奥からあふれた透明なしずくがあふれかえる。

「ふふ、吸いながら舐めたら、凜世はどんな顔してイッちゃうのかな」

「も……、やめ……」

「やめないよ。俺と結婚してること、秘密にしようとするきみを、俺だけのものにしたいんだ」

「！　あ、あっ……、やぁ……」

嫉妬していると言っていたのは、その裏に彼との結婚を明かさない凜世への苛立ちもあったのか。けれど、凜世にとってこの結婚は虹大を騙している罪悪感の上にある。

彼の催眠術が解けたら、すべては終わってしまう。

だったら、最初からこの結婚はなかったことにしてもらったほうがいい。周囲に言わず、家族の間だけでとどめておけば被害も少なく済むだろう。

「また、何か考えごとしてるんだ？　そんな余裕あるなら、もっとしてもいいね？」

「違う、違うの、わたし……、あ、ああッ!?」

蜜口に、ずぷりと指が埋め込まれる。虹大の長い指が、一気に二本、凜世の内側を押し広げていた。

――どうしよう。このまま、舐められたら……。

「中と外、一緒にいじってあげる。そのほうが凜世も喜んでくれるかな」

「こ、うだい、待って、ほんとに……ぃッ、あ、あっ」

ぴちゃぴちゃと音を立てて花芽を舐(ねぶ)り、指腹で粘膜を刺激してくる虹大に、凛世は必死で首を横に振った。こんなの、すぐに達してしまう。すでに限界だと、彼だってわかっているだろう。凛世の隘路は、ひくひくと彼の指を食いしめていた。

「かわいい、俺の凛世。俺だけの……」

「や、ぁあ、あ、ダメぇ……ッ！」

彼の指を伝って、透明な飛沫が散る。

ぎゅっと体の奥が収斂し、凛世は玄関で立ったまま達してしまった。

――やだ、こんな……。床に、いっぱい……。

「じょうずにイケたね。いい子いい子」

親指で花芽を撫でられ、達したばかりの体が甘くのけぞる。倒れそうになったところを、彼が空いている手で支えてくれた。

「虹大、お願い、もう……」

「俺も限界。早く凛世の中に入りたいよ」

耳元で熱っぽく囁かれ、体の奥に欲望が凝(こご)っていく。もつれるように靴を脱ぎ、リビングのソファにふたりで倒れ込んだ。あとほんの数秒歩けば寝室だというのに、そこまで待てないくらい互いを求め合っていた。

「凛世、うしろ向いて」

「や、こんな格好……、し、したことない、から……」

ソファの上でうつ伏せにされ、手近なクッションにすがりつく。照明もついていないリビングに、ふたりの呼吸がひどく生々しく響いた。

「そうなんだ？　かわいいね」

「何が……、あ、あっ！」

宣言どおり、いつもとは違う角度で虹大の楔が体に突き立つ。反り返る亀頭が、ぞりぞりとやわらかな粘膜を蹂躙していく。

――いつもと、違う。違うところに当たって……。

「……っは、すごく狭い。凛世、入れただけでイッちゃった？」

「し、らな……ああッ」

「そっか。じゃあ、動いてもいいよね」

「！　ま、待って」

「待たないよ。まだイッてないなら、凛世だって早く感じたいでしょ。ここ、もう完全に俺のかたちになってる。ぴったり吸い付いてきて、早く早くっておねだりしてるくせに」

のしかかるように凛世の背中を覆い尽くして、虹大がぐいと腰を打ちつけてきた。

「ひ、ぁあぁッ」

「イッてないはずの凛世のナカ、すっごい締まってるね。もしかして、うしろからされるほうが好き？」

「ちが……っ……」

「だったら、俺のことが好き？」

「……っ、ぃ、や……ッ」

いつもと違う。性急で、凛世の快楽を強引に引き上げる触れ方も、顔の見えない抱き方も、そして「好きだ」と告げてくるのではなくこちらの気持ちを聞き出そうとするのも、違っている。

――聞かないで、言いたくない。だってわたしは……。

「嫌なんだ？　俺のことが、いや？」

「っそ、うじゃなく、て……っ」

「だったら、好き？」

ずぐ、と子宮口に亀頭がめり込んでくる。全身を貫く衝撃に、凛世は声も出せず息を呑む。

「ねえ、凛世」

「お、願い……、虹大、待っ……」

「ねえ、凛世、凛世……」

加速度を増して、彼の愛情が叩きつけられる。その愛は、真実なのだろうか。今、この瞬間、催眠術にかかったままの虹大にとっては実存する愛情。

だが、ほんとうの彼からすれば、偽りでしかない。

——わたしだって、ずっと好き。一緒にいたい。このまま、何もなかった顔をして一生、そばにいたい。だけど……。

「ああ、またイッちゃったんだ。凛世は心だけじゃなく体も優しいから、俺に強引にされても受け入れちゃうんだね」

——虹大……？

「俺は、きみの優しさにつけ込んでる。凛世がいないと生きていけないと言ったのは、もちろん本心だよ。だけど、もしきみが全力で拒んだらその気持ちを尊重するつもりだってあった」

彼が何を言いたいのかわからなくなる。では、今まで好きだと言ってくれたのは？　こんなにも深くつながっているのは？　優しく髪を撫でてくれる手は、指は、キスするときの唇は——。

「……ほんとうに、ずっときみが好きだった」

左手で凛世の腰をつかみ、虹大がまたゆるゆると腰を動かしはじめる。

「中学のころから好きだったって、今日も言ったよね。あれは嘘じゃない。あのころから、きみのことが好きだった。きみの言葉に俺は救われてた」

「っあ、あ、ぅう……ッ」

奥深く、凛世の感じやすい場所を探り当てて、彼は慈しむように突き上げていた。

「凛世が周囲に気を遣うのを見て、もっと自由でいてほしいって思った。俺以外の誰かに優しくするのを見て、きみの目を全部俺に向けさせたいと思った。これは、相反する感情だよ。自由でいてほしいのに、束縛したい。俺は、きみが好きなのに」

「あ、あっ、奥、ダメ……、気持ちよすぎて……っ」

「セックスしている間だけは、凛世を独占できる。きみのナカを俺で満たして、ほかの何も入り込む余地をなくすんだ。だけど、これも凛世が優しいから受け入れてくれてるだけだって知ってるよ」

静かな声と裏腹に、虹大の動きは激しさを増していく。

凛世の中をかき乱し、狂おしいほどの快楽を刻み込み、それでも彼の声は夜に沈んでいた。

「どうしても……きみが好きだ。自由にさせてあげたいなんて、ただのエゴだよ。自分がつらいときには、凛世に優しくしてもらいたい。今だって、同じだ。もっと凛世を感じたい、もっと凛世を感じさせたい。だけど、きみは俺から逃げようとする」

「し、てない……」

「ほんとうに?」

「ほ、んと。わたし……」

——あなたが好き。

すんでのところで、凛世はその言葉を呑み込んだ。

この結婚が、なかったことになったら。

泣くのはきっと凛世のほうだろう。

——好きで、好きで、どうしようもなく好きなのに。

「わたし、虹大に抱かれるの好き……。奥までいっぱい、気持ちよくて……」

「ありがとう」

「だから、わたしはちゃんと自由だよ。自分のしたい仕事をして、結婚したい人と結婚して、抱かれたいから、今こうして虹大と……」

「まだ信じてくれてないんだな」

ははは、と乾いた笑い声が聞こえてくる。

どうしてだろう。今夜は雪が降っていた。帰り道の途中も、玄関に入ったときも、お互いに求め合っているのを感じられた。

——だけど、今は……。

「凛世は、俺の気持ちを信じてないよね。きみが何をしたって、俺を傷つけたって、どんな迷惑をかけたって好きだって言ってるのにな」

「そ、んなの……」

虹大を信じられないのではなく、ある意味で凛世は他人を——そして自分を信じられないのかもしれない。

——迷惑を、かけたくない。だって迷惑をかけたら、きっと嫌われてしまうもの。

それでもそばにいたいと言ってくれる誰かを、それでもそばにいたいと願う自分を、凛世は信じていなかった。だから、虹大に対しても催眠が解けたらきっと去っていってしまうと先に言い訳をしていた。

「俺を、試せよ」

「な、に……あ、あっ」

「凛世が好きに生きて、俺の気持ちが変わるかどうか」

「ひ、ぁああッ……」

——好きなんて、催眠術でしかないのに？　それだけじゃないの？　ほんとうに、わたしを好きでいてくれるの……？

「俺は、凛世が何をしても好きだよ。俺を好きになってくれない凛世だって、愛してる」

「わたし、あ、ああっ、虹大……っ」

——あなたを、騙している。

結婚してくれなきゃ生きていけないと言った虹大と、ほんとうに一緒にいたかったのは凛世のほうだった。

強がって、がんばって、自分の脚で立って。

だけど、ときどきひとりでがんばるのに疲れていた。

中学のときの、虹大との時間を懐かしく思って、あのころもっと話したかった、もっと好きでいたかった、自分の気持ちを伝えたかった――そんなふうに思い出していたから。

――あのとき、催眠アプリでわたしを好きになってもらえるよう、言ってしまったんだ。

結婚なんてすべきではないとわかっていて、プロポーズを受けた。

――ずるいのは、わたし。

「まだ、何か考えてる？　だったら、何も考えられなくしてあげる。凛世は、俺のためだけに感じて……」

「んっ、んん……、こんな、したら……」

「こんなにしたら、どうなるのか教えて？」

――もっと、あなたを好きになる。

愛情の楔は、深く強く凛世をつなぎ止める。

意識を失っても突き上げられて、何度も何度も果てへと追い立てられて、それでも終わらない切実なまでの欲望と言葉では決して表せない愛情。

「――十二年前に戻って、あの日、ちゃんと凛世に告白できたらいいのにな」

彼の言葉は、夜に溶けていった。

くしくも、それは凛世も願ってやまないことだった。

十五歳だったふたりの小さな後悔は、今も互いの胸に小さな棘となって残っている。

・・・・・|・・・・・・・|・・・・・

落ち込む日もあるけれど、落ち込みつづけるのは性に合わない。あんなに好きだと言ってくれている彼の言葉を疑うよりも、信じるために自分を励ますほうが簡単だ。

――とにかく、虹大の催眠をなんとしても解きたい。それで、わたしのほうから告白しなおすんだ！

バックヤードで休憩中、凛世はコーヒーに砂糖を入れる。いつもはブラックで飲むことが多いが、頭を使おうとするときは甘くする習慣があった。

スマホを左手で操作しながら、右手で角砂糖をカップに落とす。飛沫が上がらないよう、ゆっくりと。ぽちゃん、ぽちゃん、ぽちゃん。

――都内の催眠療法クリニックは、もうけっこう回ったはず。ほかに新しいクリニックを探すなら、千葉（ちば）か神奈川（かながわ）、埼玉（さいたま）とか？

ぽちゃん、ぽちゃん。

――あ、ここ開院したばかりみたい。えっと、院長はアメリカで最先端の精神医学を学び、催眠療法、ヒプノセラピーによるヒーリングセラピーを得意とする。アメリカはヒプノセラピーの先進国で、潜在意識への働きかけを……。

ぽちゃん、ぽちゃ、ぽちゃん。

「あの、店長……？」

「ん？」

アルバイトの長谷が、怪訝な顔でこちらを見ている。彼の視線をたどって自分のコーヒーカップを見れば、うず高く角砂糖が積まれていた。コーヒーを吸って、どれも茶色い立方体になっている。

「あはは、ぼうっとしてたらお砂糖入れすぎちゃった」

「そんなの飲んだら、血糖値ヤバイことになりますよ。気をつけないと」

「そうだね。ほんと、そう」

ため息まじりに立ち上がり、もったいないけれどカップの中身を捨てる。その間も、先ほどネットで見た新しい催眠療法クリニックのことが気になっていた。日本でダメならアメリカだ。国が違えば、新たな方法もあるかもしれない。何しろ、アメリカはどうやら催眠療法のプロフェッショナルがたくさんいるらしい。

カラのカップを片付けると、凛世は再度椅子に座ってスマホの画面を操作した。初診の予約もｗｅｂからできる。保険適用外なのは、承知の上だ。まず予約をしてから、虹大に予定を確認しよう。

「もしかして、ですけど」

「どうしたの、長谷くん？」

夜のバイトに来た長谷は、カフェエプロンを腰に巻きながらちらちらとこちらを見ている。たしかに砂糖を入れすぎたのはおかしな行動だったかもしれないが、そこまで心配されるほどだろうか。

「店長、デキちゃった感じですか？」

「はい？　デキって、何がデキ………」

言いかけて、彼の意図がわかった。

子どもが、デキたのか、と彼は問うているのだ。

「なっ、なんで急にそんな……っ」

「いや、俺のいとこが去年出産したんですけど、妊娠がわかる前くらいからすっげー甘いもの食べたくなったって話を聞いてたんで。ほら、店長も結婚したじゃないですか。もしかして、授かり婚だったのかなーって」

「違う違う、今のはほんとにただぼうっとしてたの！」

「やー、めでたいことですからね。別にそんな隠さなくても――」

「ほんとに違います!!」

――たぶん、違う。基本的に避妊してるし。

だが、あの雪の日。

ベッドすら遠く感じてソファの上で愛し合ったときは、たしかに避妊もしなかった気がする。虹大は外に出していたけれど、もちろん避妊としてはひどく不完全な方法だ。

――あれ？

そこで、頭の中に何かが引っかかった。

「なんだろう……」

「そんじゃ、ホール入ります」

「あ、お願いします。よろしくね」

「はーい」

長谷がバックヤードを出ていったあと、凛世は自分の思考の引っかかりに向き合う。

虹大は凛世と結婚しないと生きていけないと言った。実際に結婚し、ふたりは体の関係がある。けれど彼は基本的に毎回避妊をしてくれている。

――もちろん、避妊をするかどうかっていうのは夫婦であってもふたりで決めること、だけど……。

彼は一度も「子どもがほしい」とは言わなかった。今、仕事をしていないのもあってそういう気分になれないのかもしれない。セックスはしたいけれど、子作りはしたくない。そういう考えだって別にあってもおかしくないのだが——。

——虹大の普段の発言から考えると、子どもがほしくないっていうのは違和感がある、かも。

だからといって、その点について凛世のほうから話を振るのは悩ましい。話題を持ち出した凛世のほうが子どもがほしいと思われかねないし、そんな誤解を生んだら間違いなく彼は避妊をやめそうな気がする。

催眠術のせいだとしても、虹大は絶対的に凛世を愛してくれているのだ。

——うーん、何か、引っかかるけど。どこがおかしいのか、わかんない。それに、藪をつついて蛇を出すのもよろしくないし……。

まずはとにかく、催眠を解くところからだ。

予約完了のメールが届いて、凛世は虹大にメッセージを送る。この日、予定は空いていますか。もしよかったら、一緒に行きたいところがあるんだけど。

『もちろん。凛世とならどこにでも行くよ』

即答に、ほっと胸を撫でおろす。次の休みは、彼とふたりで催眠療法クリニックへ行こう。今度こそ、催眠が解けるかもしれない。

――そうしたら、ちゃんと謝罪して、それから……。

彼に、やっと好きだと打ち明けられる。

・・・・・・・・・・・・・・・・・・・・・・・・

「んー、またか」

凛世からの連絡を受けて、虹大はダイニングテーブルに片ひじをつき、小さく息を吐いた。

いつまでも無職の資産家兼専業主夫でいつづけるのは体裁が悪い。自分の体裁というより、凛世にとって夫が無職は少々外聞が悪いかもしれない。そんな理由から、虹大は新たな会社を立ち上げる準備をしている。

主に、国内の若い起業家を支援することを目的とした事業を考えていた。今、日本ではどんな特色のある起業が行われているのだろう。それを調べているうちに、自分でも立ち上げたいビジネスがいくつか浮かんできた。中でも虹大の興味を引いたのは、パーソナルサウナだ。これまで日本ではサウナといえば男性客がメインターゲットとされてきた。しかし、フィンランド式サウナの周知により、女性のサウナ客が増えている。だが、男性専用のサウナとくらべて女性の求める要素はただ整うからというだけではない。

ネイルサロンやマッサージの併設、サウナでの水素吸入オプションなど、新しいパーソナルサウナに付け足せるものは多い。

と、それはさておき。

凛世の次の休みに、一緒に出かけたいところがあると連絡が来た。結婚前、彼女は休みのたびに虹大を誘ってくれた。デートとは言い難いのが残念だが、ふたりで外出できるのは嬉しい。

行き先を言わずに凛世が誘ってくる場合、確実に行き先は催眠関連のあやしげな専門家がいる場所だった。彼女は、どうにかして虹大の催眠を解こうとしている。

「そろそろ言わなきゃいけないのはわかってる。わかってるんだけどな……」

凛世を騙して結婚までした身である。今さら真実を告げて、離婚したいと言われたら。

――そうならないよう、彼女に愛情を伝えてきた。だけど、凛世は一度も俺を好きだとは言ってくれない。

葛藤があるのは言うまでもないことだろう。自分のことより、相手を優先する凛世の性格から考えても、催眠術のせいで「凛世が好きだ」と言っている虹大に対して、率直に本心を明かしてくれるとは思えない。

――嫌われてはいない。たぶん。

なんなら好かれている実感だってあった。凛世はまじめな人だ。感情が一切ない状態で、虹大と体の関係にはならないと思う。それに、一緒にいて幸せを共有している時間もたくさんある。彼女が少しずつ心を開いてくれていると感じられる。

――問題は、そのすべてが俺への罪悪感からのものだとしたら、凛世は今の結婚生活を我慢しているだけという可能性も否定できないんだよな。

誰かに迷惑をかけることをおそれる彼女。

結婚前、凛世の実家に挨拶に行ったとき、彼女の両親も妹も凛世のことを大切に想っているのがわかった。もちろん、凛世も家族を大事にしている。だからこそ、迷惑をかけたくないのだろう。

――俺とは違う。俺の両親は、息子の存在なんてろくに思い出しもしない。

気遣いあっているからこそ、凛世と実家の家族はお互いの領域に強く踏み入ることをしないのだ。彼女の性格は、優しい家族に育まれたものだと思った。

いっそ、子どもができたら騙されていたとわかっても、そばにいてくれるだろうか。

そんなずるい考えを持ったこともある。自分勝手なやり方だ。虹大だって、そんなことをしたいわけではない。

さすがにその言い分について、凛世のくれた「どこにいても、明日見くんは明日見くんだよ」という金言を拡大解釈して許容されると判断するのは嫌だ。「どんなひどい方法で愛しても、明日見くんは明日見くんだよ」なんて、凛世に言わせたくない。

――俺は、ただ凛世に愛されたい。凛世を愛して、ずっと一緒に生きていきたい。その上で、彼女との子どももほしい。

「つまり、そろそろ謝罪をして、ほんとうのことを話す時期なんだ。わかってる、わかってるよ」

右手でひたいを押さえて、虹大はタブレットを押しのける。

仕事のどんな無理難題にも対応してきたけれど、初恋の女の子相手になると途端に気持ちが十五歳のころに引っ張られていく。

あのころのふたりは、ただ話しているだけで幸せだった。

今だって、そうなのに。

――問題は、俺が凛世に愛されたいと願いすぎて、彼女の体を求めてしまうことだ。

抱けば抱くほど馴染んでいく愛しい彼女を思うと、離れていてもすぐにほしくなる。だが、体を重ねて伝わる愛情はあれど、秘密が明白になるわけではない。

人間は、言葉で伝わなければわからないことがある。

催眠術になんてかかっていないけれど、きみが好きだ、と。

――信じてもらえるように、タイミングと流れを考えなければ。

虹大はキッチンに立ち、夕食のためのローストチキンの様子を確認した。

渋谷区神泉町(しんせんちょう)には、坂道が多い。住宅の並ぶ細い通りをスマホのナビ頼りに歩いていくと、突然首都高架が見えてくる。その手前、大きな交差点の真新しいビルの四階に、胡桃沢(くるみざわ)ヒプノセラピークリニックがあった。

凛世がビルに入っていくと、虹大は何も言わずに同行してくれる。彼も、久しぶりの催眠療法にうんざりしていなければいいのだけれど。

受付を終えて診察室に一緒に入るよう言われた。予約したのは凛世だが、今日の受診は虹大のためのものなのだ。

オフホワイトのスライドドアの向こうでは、眼鏡をかけた細身の男性が椅子に座ってノートパソコンとタブレットを操作していた。サイトで見た、クリニックの院長だ。年齢は三十手前くらいだろうか。アメリカで催眠療法を学んできたというには若すぎる気もする。

「えー、明日見虹大さんと、その奥さまですね」

「はい」

凛世が返事をすると、クリニックの院長が驚いたように顔を上げた。

「明日見虹大、コーダイか？」

「あれ、ヒロ。どうして日本に？」

「それはこっちのセリフだ。コーダイ、いつから日本に帰ってたんだ。それに、妻と一緒って……おまえ、結婚してたっけ?」

どうやら、ふたりはアメリカでの知り合いのようだった。

話が飲み込めない凛世に、虹大が「実はね」と説明してくれる。

「彼、胡桃沢ヒロ……、ヒロのファーストネームって」

「博之(ひろゆき)だ」

「ああ、そうだった。胡桃沢博之とは、アメリカに住んでいたとき友人のパーティーで知り合ったんだ。お互い日本人というのもあって、たまにバーベキューや釣りに行ったんだよ」

「そう、だったんだ……」

知り合いのクリニックでは、療法を受けるのに支障があるだろうか。それに、虹大の名誉のためにも凛世にスマホのアプリで催眠術をかけられたなんて、言わないほうがいいかもしれない。

「はじめまして、胡桃沢です。コーダイには、昔いろいろと世話になりました」

「あ、はじめまして。明日見凛世と申します。虹大さんとは中学の同級生で……」

「へえ。じゃあ、コーダイが言っていたあの女の子?」

「今、その話はいいから」

「どうしてだよ。せっかくなら聞かせてくれてもいいじゃないか」

「ヒロ、今は仕事中だろ？」

——あの女の子？　なんのことだろう。

日本語で話しているけれど、彼らの会話のテンポは速い。

「さて、それでは今日の診療についてですが——」

「あの、これを見ていただけますか？」

凛世は、スマホの画面を胡桃沢に差し出した。

これまでも、虹大の催眠術を解いてもらうために専門家に会ったときには、経緯をまとめたメモをスマホで見てもらってきた。彼の前で、催眠アプリについて言及するのをなるべく避けるためだ。

「ん？　これは」

「経緯をまとめてあります。口頭で説明するよりわかりやすいかと思って……」

「なるほど。準備がいいですね。助かります」

たいてい、このあとは施術に入る前に凛世は廊下に出る流れだ。

「だいたいわかりました。では、御本人とのカウンセリングがありますので、凛世さんは待合室でお待ちいただけますか？」

「は、はい。——待ってるね」

後半は虹大に向けて言うと、凛世は廊下を通って待合室に戻った。座り心地の良いソファに身を沈めると、バッグを膝の上に置いて、見るともなしに壁の大型液晶を眺める。マンチカンの子猫二匹がじゃれあっている動画だ。穏やかな音楽とともに、猫たちの戯れる姿を見つめていながら、凛世の気持ちはひどく逸っていた。

――なんだろう。不安な感じ。胡桃沢先生は専門家なんだから、大丈夫。だけど……。

時間を確認しようとして、バッグにもポケットにもスマホがないことに気づく。もしかしたら、診察室に置いてきてしまったのだろうか。

慌てて立ち上がり、凛世は診察室のスライドドアをノックしようとした。けれど、中からふたりの声が聞こえてくる。

「驚いたよ。あのコーダイが結婚とはな」

「しつこい」

「久々に会う友人に、その言い方はないだろ。彼女の前では、もっと優しいコーダイなんじゃないのか?」

「当たり前だ。凛世は、俺の人生でいちばん大切な人なんだからな」

――ちょ、ちょっと、虹大、何言ってるの?

頬が熱くなり、ノックどころの話ではなくなってしまう。立ち聞きしたいわけではないのだが、どうにもタイミングが見極められない。

「はいはい。そんじゃ、彼女との惚気話はあとで聞かせてもらうとして――」

キイ、と椅子のキャスターが床とこすれる音がした。

「催眠術って、マジか？　しかも、アプリの催眠にかかったとメモに書かれていたんだが」

「あー、いや、彼女がそう思い込んでるだけで、実際には催眠状態にない」

「は？　どういうことだよ」

凛世は息を呑んで、耳を疑う。

実際には、催眠状態に、ない。

彼はそう言った。間違いなく、そう言っていた。

「いろいろ事情があるんだよ。おまえは、催眠を解けなかったって言ってくれればいいから」

「そういうわけにもいかない。俺は、これでもプロなんだって――」

――催眠状態に、ない。

頭の中で、虹大の声がぐるぐる回っている。

虹大が催眠術にかかっていると思っていた。

彼はそのことに気づいていないだけだと思っていた。

けれど、そうではなかったのだ。

「だから、彼女が俺に催眠アプリで暗示をかけようとした。アプリなんて、実際かかるわけないけど、俺はかかったふりをした。それで、彼女は今、躍起になって俺の催眠を解こうとしてる」

「まったく、何してんだよ」

足元が崩れそうになる。

だったら、今まで彼はずっと凛世をからかって、騙していたということなのか。

「あら、どうしました？　診察中は待合室で――」

声をかけてきたのは、受付にいたスタッフの女性だ。

凛世はハッとして顔を上げる。スマホを忘れたことを言おうかと思ったけれど、喉がひりついてうまく言葉が出てこない。

「あの、わたし、その……なんでもありません。失礼します」

「えっ、お待ちください。明日見さん!?」

早足で逃げるように入り口のガラス扉へ向かう。

「凛世!?」

うしろからドアを開ける音と、慌てた様子の虹大の声が聞こえてきた。けれど、凛世はそれを無視して走ってクリニックを出ていく。

頭の中がぐちゃぐちゃで、自分が何に傷ついているのかわからない。だが、確実に心は痛みを訴えていた。

──ずっと、騙されてたんだ。虹大はわたしのことを、ひそかに笑っていたの？

こんなに好きなのに。

催眠術がかかっていなくて安堵する気持ちもあるのに。

彼に騙されたというショックで、苦しくてつらくて涙が止まらない。

ビルのエレベーターを待ちきれず、凜世は階段を駆け下りた。そのまま寒空の下を走り、首都高の高架下を過ぎて渋谷駅方面に向かう。どこに行こうと考えていたわけではなかった。ただ、足の向くままに走っているだけだ。

──追いかけてこないで。今は、虹大の説明を聞けそうにない。もう少し、落ち着いてから。ちゃんと謝るから……。

自分が今、どこにいるのかもわからないまま、凜世は走り疲れて立ち止まった停留所にやってきたバスに乗った。

このバスは、どこへ行くのだろうか。

──わたしたちは、どこに行けるんだろう……。

第四章　これが最後の恋になる

「凜世！」

彼女の姿が見えなくて、必死に走る。真冬だというのに、汗だくになるほど走って彼女を探す。

気づけばバス停をふたつほど過ぎて、空から雪が降りはじめていた。冬の重い雲が、渋谷の街を覆い隠そうとしている。あの雲でも、虹大の失態は隠しきれない。

いつもなら、もっと気を遣って話をしたはずだった。

これまでにも、この手のクリニックに凜世と一緒に行ったことがある。そのときには、専門家の話に合わせて目を閉じたり音楽を聞いたり、謎の電気信号みたいなライトを眺めたりした。そして、最終的に何も変わっていないことをアピールするだけだった。催眠術にかかっているとも、かかっていないとも、そんな話をする必要はない。凜世に、虹大の催眠術が解けていないと思ってもらえることが大事だったから。

それなのに。

偶然の再会で、馴染みの友人の手前、つい本音が出た。まさか、凛世が聞いているなんて想像もしなかった。

――俺の想像力が足りなかった。ああいうことだって、あっておかしくなかったのに。

渋谷駅を越えて、ただひたすらに走りつづける。こんなにも寒いのに、頭の中は火が付いたように熱かった。

――もっと、ふたりの関係がしっかり築けてから話そうと思っていた。

だが、催眠にかかったふりを続けるほど、真実を明かすのをためらう自分がいたのも事実だ。

彼女は罪悪感からそばにいてくれるのかもしれない。それだけではないと思いたい気持ちと、彼女の優しさ、迷惑をかけないようにしようとする性格ゆえにそばにいてくれるのかもしれないと思う不安だってあった。

だからこそ、卑怯な手を使って彼女を束縛しようとする自分を必死に押し殺してきたのだ。いつか彼女から、愛の言葉をもらいたくて。彼女の隣にいることを、心から受け入れてほしくて。

――全部を駄目にしたのは、俺だ。

凛世はどんな気持ちで虹大の言葉を聞いていたのだろうか。

騙されたと気づいて、逃げ出した彼女。もう、以前と同じようには笑ってくれないかもしれない。結婚を無効にしたいと言い出すかもしれない。

——俺は、もう凛世と離れることなんてできないよ。

せめて、話を聞いてほしい。それがいかに傲慢な態度かわかっている。彼女が嫌だと言っても、きっと自分を抑えることができない。

話し合えばわかる、なんて言いたくなかった。それはモラハラと同義だと思う自分がいる。

だが、どうしても今、その言葉を使うしかなくなっている。

——話し合えば、妥協点くらいは見つかるかもしれない。見つかってほしい。見つかってくれ！

好きで、好きで、おかしくなりそうだった。どうしてこんなに凛世だけが特別なのだろう。彼女がくれた言葉は、いつだって虹大に勇気をくれた。

両親から見放されてアメリカに留学したときも、起業するときの不安や懸念に苛まれたときも、一緒に会社をやっていた相棒に裏切られたときも、彼女の言葉があったから自分でいられた。

「凛世！」

張り上げた声に、道行く人が振り返る。そこに凛世の姿はない。

――もっと、正直になるべきだったのに。俺は、きみを好きなことしか伝えていない。それが何より大事だと思っていた。自分の中にある、いちばん幸せで優しくてきれいな気持ち。彼女に差し出すのは、それだけでいいと思っていた。

結局は、自分の不安を隠すために、催眠にかかったふりを続けたのが悪かったのだ。考えずともわかっている。

だが、もし、真実を明かして彼女が離れていったら。

そう思うと、告げられなかった。

――俺はバカだ。愚かで、浅はかで、どうしようもない男だ。だから、きみが必要だって言ったら笑ってくれる？

始まりは、店に行ったときに気づいてもらえなかったことへの、小さな小さな仕返しのつもりだったのに。

凛世のいない世界なんて、もう考えられない。

彼女がいないと生きていけないと言ったのは、完全に本心だった。

――凛世、凛世……！

気づけば、虹大は汗だくで渋谷区から港区までひた走っていた。

・・・・・・━・・・・・・・・・・━・・・・・・

「……寒い……」

バスを降りて、身震いをする。

空からは濡れた雪が降りはじめているのに、凛世はアウターを着ていなかった。クリニックの待合室で脱いだのを、そのまま置いてきてしまったのだ。

――バカみたい、わたし。ううん、ほんとうにバカ。

不思議なもので、どこへ行くのかわからずに乗ったバスはきちんとマンションの近くに停まった。偶然なのか。何かの必然なのか。

凛世が、彼のマンションへ帰るしかないという暗示にも思える。

実際、今の凛世には帰る場所はあそこしかなかった。ひとり暮らししていた部屋はとうに引き払っているし、本籍だって港区に移した。

けれど、今このタイミングでマンションに帰っていいのだろうか。

普通の夫婦なら、夫婦喧嘩をしても同じ家にいていいと思う。それは、お互いに愛し合っているという基盤があるからだ。その家は、ふたりの帰るべき場所であり、ふたりの暮らすべき場所なのだ。

だが、虹大と凛世の結婚は愛情をもとにしたものですらなかった。凛世は責任を取るために、虹大は――。

わからない。

彼がどんな理由で催眠術にかかったふりをしていたのか。なぜ結婚までしたのか。凛世にはその理由がわからなかった。

好きだと言ってくれた虹大を信じたい。あの言葉のすべてが嘘ではなかったと思いたい。同時に、凛世の知らなかった彼の本音が診察室にはあった。

ニットの肩口が雪で濡れていく。こんなときなのに、帽子だけはかぶっているのがおかしく思えてきた。コートも着ていないのに、ベレー帽はかぶっている。コツコツと音を立てて歩く自分の脚すら、感覚が希薄だ。

ここにいるのに、自分がここに存在する感覚が薄れていく。

――だけど、わたしは被害者じゃない。傷ついた顔をして、虹大を責める資格なんてないんだ。

心のどこかで、かすかな安堵があることにも気づいていた。

彼が催眠術にかかっていないことを喜ぶ気持ちだってある。

あの日、同級会の夜。

彼がほんとうに催眠術にかかっていて、今も解けずにいるほうが問題だった。虹大の人生に、大きな損失を与えてしまう。凛世が結婚してそばにいるくらいでは、とても贖えないことなのだから。

——虹大の……ううん、明日見くんの迷惑にならないなら、それでいい。好きな人に迷惑をかけるなんて、嫌だもの。きっと嫌われてしまうから。

こんなときでも、凛世はいつもと同じ自分の声に驚いた。嫌われなければ、それでいい？　なんて愚鈍な考えだろう。自分のことしか考えていないではないか。

彼がどう思うか。どう感じるか。それを気にしているように見えて、結局のところ自分のことしか考えていないのだ。嫌われるのが怖いから、都合のいい振る舞いをしようというのなら、それこそが人間性の欠落だろう。

——でも、催眠術にかかっていなかったなら、明日見くんはわたしとの時間を忘れることはないんだなあ……。

右手を皿にして、雪を受け止める。

手のひらに冷たく咲いた六花は、すぐに溶けて消えていった。

——恋は、消えないのにね。

虹大がどんな事情で凛世を騙したのかはわからないけれど、凛世が彼を好きな気持ちは変わらない。今も好きで、明日も明後日もきっと好きだ。だから、胸が痛い。

「はあ……」

吐き出した息の白さに、気温の低さを知る。

凛世は住宅地をぼんやり歩きながら、やはり帰る場所はあの部屋しかないのだと考える。虹大も、いずれ帰ってくる。そのときに、きちんと話さなければいけない。安易にアプリで催眠術なんてかけようとしたことを謝罪し、彼がどういう理由で結婚したのかを聞こう。もしかしたら、虹大には虹大の事情があるのかもしれない。

——そう。たとえば、病気のおばあさんがいて、結婚したよって安心させてあげたい、とか……。

ありえない妄想に、涙がひと粒、頬を伝う。

交差点の手前で立ち止まり、信号が青になるのを待った。つま先がひどく冷たい。手もジンジンする。それなのに、心の痛みのほうが大きすぎて自分の体を気遣う余裕もなかった。

「……っせ！　凛世……ッ」

幻聴かと、思う。

愛しい人が、自分の名を呼んでいる。

「虹大……？」

どこにいるのかわからず、凛世はあたりを見回した。

「凛世！　そこにいて！　動かないで！」

「……っ、こう、だい……」

彼は凛世のうしろから、歩道を走ってくる。長い脚がアスファルトを蹴り、コートの裾が翻った。こんなときだというのに、美しい人だなと思う。

――どうしよう。どうしようもなく好きなのに、怖い。

彼の言葉を聞きたい。

同じくらい、彼の真実を聞くのが怖い。

ほんとうは好きじゃなかったよ。凛世が都合がいいから、結婚してもらっただけだ――なんて、言われたら立ち直れそうにない。

すごい速度で駆けてくる彼の周りだけ、雪が降っていないような錯覚に陥る。虹大だけがはっきりと見えた。世界がぐにゃりと歪んでも、明日見虹大だけは光って見える。

――あの体育祭の、リレーみたい。

中学三年の、春。

あのときは虹大がアンカーで、うしろからほかの組の男子が追突してきた。

今、凛世は絶対に受け止めきれない速度で自分に向かって走ってくる虹大を見つめている。このまいったら、ふたりで転倒してもおかしくない。そう思った、刹那。

虹大が速度を落とし、ひたいの汗を拭った。

「汗……?」

この雪の中を、汗だくになるほど走るだなんて考えにくい。汗ではなく溶けた雪かとも思ったが、そうではなさそうだ。

虹大の頬は紅潮し、口から出る呼気は真っ白だ。彼の息の熱さが目に見える。

「ごめん、凛世、ごめん……！」

最後の一歩を大股で詰めると、虹大は交差点の手前で凛世を抱きしめた。予想したとおり、彼の体はひどく熱を帯びている。まさか、神泉町から走ってきたわけではあるまい。少なく見積もっても六から七キロは離れている。

「……明日見、くん」

「やめろよ。いつもみたいに、名前で……ッ」

そこで彼が大きくむせた。気のせいではなく、虹大はここまで走ってきたのか。

空から雪が降ってくる。凛世を包み込む虹大の体は湿っていて、燃えるように熱かった。

「だ、って、わたし、は……」

ほんとうの花嫁ではなかった。

催眠術のせいですら、なかった。

——どんな顔をして、朝と同じように虹大と呼びかければいいの？　あなたは、それを望んでくれるの？

こらえていたはずの涙が、ボロボロと頬を伝っていく。冷たい頬に、涙が染みる。

「虹大……」

泣きじゃくる凛世を、虹大が焦った顔で覗き込んできた。

「凛世……っ、待っ、どうして……」

息が切れているせいで、ひどく声がかすれている。

困らせたくなんかないのに、どうしても涙が止まらなかった。

「だ、だって、わたし、わたしが悪い、のに……っ」

「悪いのは俺だろ？　凛世は悪くない」

「悪いの！」

「……悪くても、好きだよ」

虹大は、今までいちばん優しく微笑んだ。

もし彼が、凛世を泣き止ませようとしているなら逆効果だ。

こんな優しい笑顔を向けられたら、いっそう涙があふれてしまう。

騙したのか、騙されたのか。

もう、そんなことはどうでもよかった。彼の未来の損失が、なんて考えられなかった。

ただ、彼を愛している。

その気持ちだけが、真実だった。

「からかってるんじゃ、ない、よね？」

「本気で、好き。だから、お願いだ。俺の話を聞いてくれる……？」

泣きながらうなずいた凛世の手を握って、虹大が歩きだす。

ふたりの暮らす、マンションへ。

・・・・・・・・・・・・・・・・・・・・・・・・・・

部屋に戻ると、虹大は黙ってお風呂の準備を始めた。そんなのあとでいい、と思う。けれど、今さら寒さが体をブルブルと震わせる。

「凛世、こっち。あったかいところに来て。今、飲み物作るから」

床暖房の上に毛布を敷いて、エアコンの風が直撃する場所に座らされた。頭にはタオル、肩には毛布。万全の準備で虹大が凛世を温めてくれる。

だが、足りないものがある。

「……虹大」

「ん」

「虹大も、来て」

ほしいのは温かい飲み物ではなく、彼のぬくもりだ。

「俺、汗かいてるから近づかないほうがいいよ」

「いいの。飲み物より、虹大が必要なの」

「……そんなかわいいこと言って、俺を調子に乗らせないで」

困ったように笑いながら、虹大は手早くホットココアを作ってマグカップを持ってきてくれる。凛世の手にカップをわたしたあと、背後から毛布ごと抱きしめてくれた。

「すぐ、お湯たまるよ。着替えは持っていくから、凛世はちゃんと肩まで浸かって。芯まで温まらないと風邪をひく」

「……ありがとう」

「どういたしまして」

後頭部から話しかけてくる虹大が、一瞬何かを言いかけて呑み込んだ。

――虹大……？

「ごめん。先延ばししているわけじゃないんだ。ちゃんと話すよ。ただ、凛世の体が心配だから、先にお風呂に入ってほしい」

「わかった。あの、わたしもちゃんと謝りたいから、お風呂を上がってから……」

「なんで凛世が謝るんだ？」

不思議そうな声に、凛世はかすかに笑った。

――優しいのは、いつだって虹大のほう。わたしは、虹大に甘えてばかりいたんだ。

「凛世？」

「ううん、お風呂、上がってからね」

「気になるけど、仕方ないな。ああ、お湯がたまったみたいだ。マグカップ、こっちによこして。はい、じゃあ抱っこして連れていくよ」

「えっ、あ、歩ける！」

「駄目。俺の気が済まない」

毛布ごと抱き上げられ、凛世はバスルームに運ばれた。濡れた衣服を脱がすのも手伝うという虹大を締め出して、ひとりでゆっくりお湯に浸かる。

――今日一日が、嘘みたい。だけど、これが現実なんだ。

催眠術にかかっていなくても、虹大は虹大のまま、凛世を大切にしてくれている。彼の気持ちを疑うのはやめよう。素直にそう思えた。


彼の言ったとおり、湯上がりには脱衣所に着替えが準備されていた。ほこほこに温まった凛世は、うっすら汗ばんだ肌をタオルで拭き取って、化粧水と乳液と保湿クリームで肌をいたわる。これからすっぴんで話し合いに臨むのだから、このくらいのスキンケアはしておかなければいけない。

――大人になって気づいた。泣くと、涙でかぶれることがある。

今日はすでに大泣きしたあとなので、いつもより丁寧にパッティングを行う。二十七歳にもなれば、自分のために大事なこともわかってくる。

恋愛以外なら、わかることだってあるのだ。

リビングに戻ると、虹大はさっきと同じ場所で待っていた。

「お風呂、ありがとう」

「あったまった？」

「うん。虹大も、お風呂どうぞ。入浴剤、気持ちよかった」

「俺は……」

「ダメ。虹大はわたしより風邪ひきそうだもん。汗だくになってたでしょ。冷えたら、寒いに決まってるんだから」

「いや、でも今は凛世と話すほうが大事だよ」

微笑む彼の背中側にまわり、凛世はぐぐっと両手で虹大を押す。

「凛世？」

「だーめ！　汗だくだったんでしょ？」

「うん」

「だから、わたしに触れたくないんでしょ？」

「それはそうだよ。凛世が汚れる」

「……だから、お風呂に入ってきてください！」

触れられないのが、寂しい。その気持ちが伝わったらしく、彼が「わかった」とバスルームへ消えていく。

――わたしも、虹大の着替えを出してあげよう。

彼のクローゼットを開けて、ルームウェアと靴下を取り出す。それから、下着の引き出しを開けてしゃがみこんだ。何も、凛世だって彼の下着を準備するだけで恥じらっているわけではない。問題は、凛世の下着を虹大が準備してくれていたことなのだ。

――同じことだけど。同じことなのはわかってるけど！

妻が夫の下着を出してあげるのと、夫が妻の下着を出してあげるのは、意味として大きな差はない。けれど、なぜだろう。自分が今着けているのは虹大が選んで脱衣所に置いてくれた下着である。その事実に妙に打ちのめされていた。

「……そのくらい、わたしたちの距離はちゃんと近い。うん、そういうことだよね」

自分に言い聞かせて立ち上がり、あらためてボクサーパンツを一枚選ぶ。脱衣所の、目につく場所に着替えを置いて、リビングへ戻るとすでに時刻は夕方近かった。昼食も食べていないのに、夕食を考える時間帯だ。

――今日は、いっか。

スマホでデリバリーのアプリを起動すると、手軽に食べられそうなサンドイッチの店を選ぶ。ターキーサンド、たまごサンド、野菜サンド、ローストポークサンド、それからWサイズのコブサラダを注文し終わったとき、虹大がリビングに戻ってきた。

「髪の毛、乾かしてない」

「ああ、うん。ごめん、それどころじゃなくて」

「もう、風邪ひいちゃうでしょ。待ってて」

凛世は洗面所からサロン専売のドライヤーをつかんで持ってきた。濡れ髪の虹大は、いつもより少し心もとなく見える。濡れた大型犬みたいだ。

――こんなにきれいな顔で、頭もよくてお金持ちで、外ではそっけない人なのに。わたしの前でだけ、かわいい顔を見せてくれる。

好き、と心が叫んでいた。

「はい、じゃあ、ここに座ってください」

凛世はドライヤーの電源をコンセントに差すと、ソファのうしろに立って座面を指差す。

「自分で乾かせるよ。凛世にそこまでしてもらうのは悪いからさ」

「悪くない。だって、わたし……」

小さく深呼吸をして、彼を見上げる。

優しい目をした人は、その奥に孤独を抱えていた。覚えている。十五歳のころも、そうだった。涼しげな顔でいつだって明日見虹大はひとりを好んだ。多くの男女に囲まれて、誰もが彼と仲良くなりたいと願っていた。それでも、彼はひとりでいなければいけなかった。

――虹大は、家の事情を誰にも話したくなかったから。

それなのに、自分にだけは明かしてくれた。寂しさの種類が似ていたのかもしれない。

だが、それだけではなかった。孤独を分かち合うよりも、ふたりは一緒にいる時間に救いを求めていた。

――わたしの、思い込みじゃないと信じる。嫌われても、いやがられても、好きでいるって決めたから……！

「わたし、虹大の妻だもの。髪の毛が濡れてたら乾かすのは、わたしの権利だと思う」

「……っ、凛世、それは……」

「だから、早くここに座ってね」

「うん」

今度は素直に、虹大がソファに腰を下ろした。

濡れた黒髪をドライヤーで乾かしていく。近づけすぎないように、髪が傷まないように。

「虹大の髪の毛、こうしてゆっくりさわるの初めてかも」

「だったら、これからはいつでもさわって。俺の全部は、凛世のものだよ」

「ふふ、なんかくすぐったい」

「どこが？」

――心、だよ。

まだ何も話し合っていないのに、気持ちはつながっていると思える。それが凛世を自由にする最後の鍵だった。

虹大はいつだって、凛世に自由でいてほしいと言っていたけれど、彼に愛されている実感がなければ飛びたつことはできない。帰ってくる場所がここだと、心から思えなければどこにも行けなかった。

「話して、くれる?」

「聞いてくれるんだ。ありがとう」

「もちろん、聞きたい。だけど、わたしもちゃんと謝りたいから、あとで聞いてね」

「ああ」

ドライヤーの音にまざって、虹大がぽつりぽつりと話しはじめた。

「俺は、アメリカで大学在学中に友人と起業したんだ。最初は遊び半分のアプリだった。それが、口コミですごい人気になって、課金システムを導入し、その収益で会社を起こした。二年と経たずに、会社はユニコーン企業になったんだ」

「ユニコーンって、あのユニコーン?」

「そう。幻想の生き物。実在しない、幻みたいな稀有な存在ってところからユニコーンに例えられるようになったんじゃなかったかな」

「それって、すごい会社ってこと?」

「一応、そう。設立十年以内の上場していないベンチャー企業で、評価額が一〇億ドル以上の会社が、ユニコーン企業と呼ばれるんだ」

「じゅう、おく……」

日本円でも一〇億円となれば凛世には想像もできない大金だ。それが、ドルということはさらに金額は変わってくる。

「あのころだと、一番評価額が高かった時期で、たぶん日本円にしたら一四〇〇億円」

「せっ……よっ、んひゃく、おくえん！」

CMで見るジャンボ宝くじが五億円を連呼していた。一四〇〇億円は、宝くじに二八十回当選しなければ手に入らない額である。

——頭、クラクラしてきた。八〇億円の資産っていうのもほんとうなんだ。

疑っていたわけではないものの、あまりに金額が大きいと自分と関係なく感じすぎてしまう。

「まあ、一四〇〇億円は俺のものじゃないよ。会社は、共同経営者だった相棒が売却してしまったから」

当時の相棒に騙されて、虹大は会社を売却することになった。ギリギリまで粘ったものの、どうにもならないところまで追い込まれてしまったという。

そして、虹大の手元に残ったのは八〇億円。それを資金に新しい会社を作ることも可能だった。周囲は、それを期待していたのがわかったそうだ。

「だけど、俺は疲れていた。信じていた友人に裏切られ、俺が会社を手放したことをまわりの人間がよく売った、と褒めるんだ。あの会社はあれ以上の伸びしろはなかったよ、ってね」

「でも……虹大にとっては、大事な会社だったんでしょ？」

「たぶん」

彼はそこで、一度言葉を区切る。心の整理をしているのかもしれない。

「裏切られるまで、俺は会社にも友人にも執着していなかった。どこか、ゲームみたいな気持ちでいると自分でも思ってた。だけど、そうじゃなかったんだよ。一生遊んで暮らせるだけの資産を手に入れても、ほかには夢も希望もなくなってた」

「……つらかった、ね」

「ありがとう。でも、そのときも凛世の言葉が聞こえてたよ」

「？」

「とにかく、俺はもうアメリカで何かをやりたい気持ちになれなくて、人生の休暇のつもりで帰国したんだ。日本に来て、すぐ――凛世のことを調べた」

ドライヤーのスイッチを切って、電源コードを抜く。彼の髪は、すっかり乾いていた。

「こっち、座ってくれる？」

「うん」

テーブルにドライヤーを置いて、凛世は彼の隣に座った。お互いの体から、同じ入浴剤が香る。

「アメリカにいたころ、いつも俺は魔法の言葉を持っていたんだ。それは、初恋の女の子がさよならの代わりにくれた言葉だった」

「え……？」

胡桃沢の言っていた話を思い出し、凛世は姿勢を正した。彼の、初恋の女の子。もしかしたら自分かもしれないというずうずうしい気持ちと、その女の子がうらやましいと思う寂しい気持ちが同時に胸に渦を巻く。

「更家が、くれた言葉だよ。卒業後にアメリカに留学すると言ったら、引き止めてくれないかなと期待していた俺に、きみは『どこにいても、明日見くんは明日見くんだよ』って言ったんだ」

「あっ……！」

ずっと、思い出せなかった。

あの日、教室で。

凛世は彼に言った。ほんとうは、好きだと言いたかった。だけど、日本を離れる虹大には迷惑にしかならないとわかっていたから、自分を励ますために言った。

どこにいても、あなたはわたしの好きな明日見くんだよ。

その気持ちを込めて。

「なのにさ、俺がホクラニコーヒーに行っても凛世は気づいてくれなかったよね」

「ち、違うの。あれは仕事中で！」

「俺が声かけても、なんかピンときてない顔してたくせに？」

「う……」

「でも、だからって俺はたぶんやりすぎたんだ」

その後、虹大は同級会で再会した凛世の催眠術にかかったふりをした。小さな仕返しだったというのは、わからなくない。

「仕返しするだけなら、もっと早く明かしてくれてもよかったと思うだろ？」

「まあ、それは……思わなくもない、けど」

「俺はさ、十五歳で自分の意思と関係なく、好きな子と引き離された。だけど、ずっとその子のことが好きで、アメリカにいる間だって凛世のことばかり考えてた」

虹大がそっと凛世の腰を引き寄せる。ふたりの体が寄り添って、最初からそうはまるべきだったパズルのようにしっくり密着した。

「きっと、この胸の奥に傷があって、それが痛いから誰かに助けてほしかった。誰かは、誰でもいいって意味じゃないよ。俺の誰かは、凛世じゃなきゃ意味がなかった」

「……うん」

「素直に助けてって言えなかった。凜世は昔から憧れていた夢をかなえて、キラキラ輝いてた。それにくらべて俺は、何もかも失って逃げ帰ってきた負け犬だよ」

「そんなことない」

「ある。少なくとも、俺にとってはそうだった。だから、素直になれなかった。弱さを見せたら、食い物にされると思ってたのかもしれない。負けを認めるのが、怖かったのかもしれない。だけど、凜世だけは――」

ことん、と彼の頭が凜世の肩にあずけられる。その重さが、ぬくもりが、愛しい。

「凜世なら許してくれるんじゃないかって思った。凜世なら、俺を受け入れてくれるんじゃないか。催眠術にかかったふりをしてそばにいたら、凜世も俺のことを好きになってくれるんじゃないかと、期待したんだ」

「そっ……そんなの、そんなのって……」

――最初から、わたしだって虹大に惹かれてたのに！

けれど、彼の言うこともわかる気がした。

傷ついているときには、無償の愛情がほしくなる。それでなくとも虹大には、ものすごい資産があって、実物大の彼よりも大きく見えてしまう可能性があった。自分そのものではなく、外見や背景、親。そういう何かで判断されるのを彼は嫌う。

それは、彼そのものではないからなのだろう。

「甘えてたんだ。自分でもわかってた。そのくせ、好きな子に甘える幸せも甘受していたよ。凛世を困らせてるのはわかっていて、それでも一緒にいたかった。だけどきみは、俺の催眠術を解くことに必死だったよね」

「当たり前だよ。だって、虹大が、あんなふうにわたしを好きって言い出すの、信じられなかったから」

「十二年ぶりに再会したばかりだったから、凛世の言うことももっともだと思う。あのとき、弱っていた俺の傷口を凛世だけが気遣ってくれたんだ。無防備でやわらかくて、筋肉みたいに鍛えられない、心の部分。そこに、凛世が触れてくれた。俺の心の、いちばん弱いところ」

大きな手が、凛世の手を導く。

虹大の左胸にあてがわれ、手のひらに彼の鼓動を感じた。

「もっと一緒にいたいって思った。もう、好きでどうしようもなかった。だから、催眠術にかかったふりできみにプロポーズしました。卑怯で最悪な男です。でも、俺は今も凛世のことが好きなんです」

「わたし、は……」

大好きな人を最悪なんて思うはずもなくて、凛世はおずおずと口を開いた。

「わたしが一方的に催眠術をかけたのに、立ち聞きして、騙されたと思い込んで、勝手に傷ついてごめんなさい！」

「勝手じゃないよ。実際、凛世は俺に騙されていたわけでしょ」

「でも、違うと思う。虹大は、催眠術にかかったふり以外、わたしを騙していなかったって信じてるから」

「え……？」

今度は、彼が当惑する番だった。

「好きっていっぱい言ってくれたの。あれは、わたしを騙すためじゃなくて、虹大の気持ちだったって思っていい？」

「もちろん」

もう、それだけでじゅうぶんだった。

――わたしは、何も傷ついてない。わたしには、虹大がいてくれる今が何より大事だもの。

「あのね、虹大、わたし……」

「悪い。待って」

いつだって、待ってを言うのは凛世のほうで。

虹大は待ってくれていた。

──なのに、『好き』は言わせてくれないの？

「あの催眠アプリの件、もうひとつだけ言い足りないんだ」

「わかった。聞かせて」

ふたりは向き直って、ソファの上で互いの顔を見つめる。膝と膝がぶつかり、虹大が小さく咳払いをした。

「ほんとうは中学のころから凛世のこと、気になってた。いや、好きだった。アメリカに行く話をしたときも、告白のタイミングをはかってた。俺はきっと凛世のことを守ってあげなきゃいけない存在だと勝手に思い込んでたんだ」

ひと息に言って、彼がかすかに頬を赤らめる。

──えっと、好きでいてくれたのは今までの会話でわかってるんだけど……。

彼の言いたいことがつかみきれず、凛世はじっと続きを待った。

「きみの言葉は、ほんとうに魔法の言葉だったよ。それと同時に、俺の敗北の言葉でもあったんだ。好きだと言いたかった。好きだと言ってくれたらいいなと期待してた。そんな十五歳の俺を、きみは笑顔で見送ってくれた」

「そっ、そんなの、わたしだって……！」

虹大が、凛世の唇をキスでふさいだのは、反論をさせたくなかったからだろう。さすがに、今のはわかりやすすぎた。

「催眠アプリの、あのとき。それまでいつだって俺に振り向いてくれなかったきみが、突然好きになってほしいみたいなことを言ってくれたから、俺は完全に舞い上がったんだ」

もう一度、さらにもう一度、虹大がキスを繰り返す。

『明日見くんはわたしを――更家凛世を好きになる。すごくすごく好きになって、一生離れられないくらい夢中になる』

あのとき、凛世はなんであんなことを言ったのだろう。

――きっと、わたしも……。

「ねえ、虹大」

彼の体に両腕を回して、凛世は大好きな人を――大好きな夫を見つめる。

「わたしを騙してくれてありがとう。たぶんわたしも、虹大のことがずっと気になってたから、あのとき、あんな大胆なこと、言っちゃったんだと思う」

「だったら、俺たちの恋のキューピッドは催眠アプリってこと？」

一瞬黙って。

目を見合わせて――。

「そんなのやだ！　わたしの大事な初恋が、催眠アプリに汚される！」

「俺は、それでもいい。凛世がいてくれるなら、それだけでいいよ」

ふたりは対照的な表情を浮かべてから、声をあげて笑った。笑うふたりの表情が、再会したときより似てきていることを凛世と虹大はまだ知らない。

・・・・・・━・・・・・・・・・・━・・・・・・

「――ずっと、虹大はわたしを自由にしてくれてたんだと思う」

お互いの気持ちを確認しあってから、凛世は以前よりも自分のことが見えるようになった。恋は周りを見えなくさせる。そして、自分のことも見失う。

「迷惑をかけたくないって思う気持ちは今でもあるんだけど、虹大に対してだけは最初から少し違ったんじゃないかなって。だから、家のこととか話せたんだよ」

ふたりで過ごす休日の午後は、陽射しが心地よい。リビングにはキラキラと光が差し込み、テーブルのコーヒーが湯気をくゆらせる。

「だとしたら、嬉しい」

虹大が薄く微笑んで凛世をじっと見つめていた。

「……あの、あんまり見られると恥ずかしい」

「どうして？」

「どうしてって……」

――あなたが美形すぎるせいです！

言いかけた言葉をコーヒーと一緒に飲み込んで、凜世は唇をとがらせる。

「ねえ、凜世。言葉を選ばないで。全部、俺に聞かせて。俺たちは離れていた時間が長すぎる。もっと話したいんだ。今までのことも、これからのことも」

「これから……。うーん、虹大はこの先、お仕事はもうしないの？」

彼が働かないことに対して不満はない。そもそも、彼は生活に困らないだけの資産がある。もちろん、資産は来世に持ち越しできないけれど。

「実は、今新しいビジネスを検討中なんだ」

「えっ、そうなの？　聞きたい。どんなお仕事を始めるの？」

「帰国してから、若手の起業家を支援する事業を検討してきて、ただ日本だと俺より若手っていうのがそれほど……ね？」

アメリカでは、もっと若い人たちが起業するのが普通なのだろうか。

「いないわけじゃないし、応援したい人もいるにはいる。だけど、まだ自分が起業家として世の中に一石を投じたい気持ちもあるんだよ」

「うん」

残念ながら、凜世には起業やビジネスのことはあまりわからない。コーヒーショップの経営については、少しだけわかる。わかるからといって、自分が現場に出ず経営をしたいかと言われたらノーだ。やはり、現場でお客さまの顔を見たい。自分でコーヒーを淹れたい。

――虹大も、そういう感じなのかな。

「それで、プライベートサウナとパーソナルエステのいいとこ取りをしたビジネスを考えてるんだ」

「ぷらいべーと、さうな」

サウナブームは知っているが、あまり聞かない言葉だ。

「スマートロックで部屋を管理して、フロントに人間を置かなくてもいいシステムを作る。予約の際に、ロックナンバーを発行しておく。部屋によって設備と値段が異なるタイプがあって、たとえば酸素カプセルを設置したり、水素吸入ができるようにしてカニューレだけ購入してもらうとかね」

「う、うん」

わからない言葉がたくさん出てくるけれど、それに比例して虹大の表情が明るくなっていく。彼は、家で家事をするのも嫌いではないのだろう。だが、やはり外で新しいビジネスに取り組むのが好きなのだ。

「難しいことはわからないんだけど、いいと思う。虹大が楽しそうだから、わたしは賛成。応援するね」

「ありがと、凛世。そのうち、体験モニターをお願いすると思う」

「サウナのモニター。がんばります！」

「俺とふたりのペア体験もいいよね」

「……ん？」

それは何か、違うにおいがしてくるけれど、ほんとうにいいのか。彼の仕事に関する話のはずだが――。

「こういう話を、もっとたくさんしていきたいんだ」

「そうだね。わたしも、いつかは自分のお店を持ちたいなって思ってる。あっ、でも誤解しないで。お金を出してほしいわけじゃないの。今はまだ、自分のお店はどういうお店にしたいか考えてる最中だから」

放っておくと、すぐに出資したがる夫に対して、凛世はきちんと防波堤を作る技を身に付けた。

「そのときは、凛世のお店の近くにオフィスを借りようかな。いつでも凛世の顔を見に行けるように」

「……コーヒーを飲みに来るんじゃなくて？」

「もちろん、コーヒーは注文するよ」

旅行に行くならどこがいいか、ペットを飼うなら何を飼いたいか、両親の将来のことをどう考えているか。普段から考えているけれど、明確に言葉にしたことがない話題が続いたあと、虹大がコーヒーカップを静かにテーブルに置いた。

彼の、こういうところが好きだと思う。ものに八つ当たりしないところ、ドアを静かに閉めるところ、室内をドタバタと歩かないところ。突き詰めれば、彼は世界に優しいと感じる。

「今さらの話かもしれないんだけど」

「うん？」

テーブルの上、凛世の手をやんわりと包み込み、虹大が左手の薬指を撫でた。

「結婚指輪を、一緒に買いに行きたい」

「……いいと思う。わたしも、虹大と指輪を選びたい」

「それから、もうひとつ」

彼の手に、先ほどよりも力がこもる。

凛世もなんだか緊張して、背筋を伸ばして話を待つ。

「……俺は、凛世との子どもがほしい。もちろん、できたらいいなってだけで絶対子どもがいないと嫌だって意味じゃないよ。ただ、きみと……もっと家族になりたいと思ってる」

お互いに、家族との間に多かれ少なかれ距離がある。愛情ゆえに距離を置いてしまった凛世と、両親の都合に振り回されたくなくて距離を置いた虹大。

それでも彼が、家族がほしいと思ってくれたことが嬉しかった。家族になんてうんざりしていてもおかしくない。そういう人だっているだろう。

――虹大は、わたしと家族になることを選んでくれた。そうだ。結婚って、そういうことなんだ。

心臓が、どくん、どくん、と大きく音を立てる。彼の言葉が、胸の奥まで届いたことを伝えようとしているみたいだ。

「これはあくまで俺の希望だから、凛世のライフプランもあるだろうし、一緒に話し合っていけたらいいなと――」

凛世は、大きくうなずいた。

「わたしも、虹大ともっと家族になりたい」

――一緒に、家族になろう。

その気持ちを込めたつもりが、なぜか虹大が真顔で問いかけてくる。

「どうして？」

「えっ？」

――そっちから言い出したのに、どうしてって、どうして!?

「俺ともっと家族になりたいと思うのは、どうしてなのか教えてよ。もう催眠術にかかってないのはわかったよね。だったら、責任を取ってくれる必要はないって知ってる？」

涼しげな目元の、どこか浮世離れした美貌で、彼は凛世を見つめていた。凛世の向こうにいる、過去の凛世を、未来の凛世を、すべて見透かしていた。

もしかしたら、虹大はずっと機を狙っていたのかもしれない。

――わかってる。わたしだって、ちゃんと言おうと思ってはいたの。でも、この前言おうとしたとき、遮ったのは虹大でしょ？

「そんなの……好きだから、だよ」

絞り出した声は、自分でも驚くほど小さくか細かった。

好き、とはっきり言うのは、初めての気がする。

十五歳の凛世も、二十七歳の凛世も、彼のことをずっと好きでいるのに、いちばん伝えるべき人に告げていなかった。

十二年越しの告白だ。

それなのに――。

「ん？」

虹大は、聞こえないと言いたげに耳元に手を当てて、口角を上げていた。

「もう！　聞こえてたくせに！」

「聞こえなかった。もう一回」

うう、と凛世は喉の奥でうなってから、胸を張って息を吸って。

心の奥の奥。

誰の手も届かない、凛世自身ですら触れられない場所にあった想いを言葉に乗せる。

「虹大のことが、好きだから、です！」

まったく、二十七歳になってこんな卒業式の言葉みたいな告白をすることになるとは思わなかった。

もっと情緒があってもいい。もっと色気があったっていい。もっと大人っぽく、もっと優しく、もっと記憶に残るように――。

「やっとちゃんと言ってくれた。俺も好きだよ、凛世」

だけど、虹大にはそれでじゅうぶん伝わっていた。

いつだって、ずっと。

聞こえるはずのない声が、聞こえていた気がする。

離れていても、そばにいても、催眠術にかかったふりをしていても、催眠術にかけてしまったと後悔していても。

「好きだよ、凛世」

「わたしも、ずっとずっと大好き……」

コーヒーを飲み干してから、手をつないでベッドルームへ向かう。

こらえきれないほどの衝動をソファの上で発散するには、今日は日が高い。ベッドの上でたしかめたい愛情もあるのだ。

……―……・……―……


息が、できない。

「ん……、んう……っ」

いつだって虹大のキスは長く執拗だ。けれど、今日はいつにも増して長い。

「こぉだい、も、キスばっか……」

「もっとしたい。凛世の唇、赤く腫れてかわいい」

濡れた目で、彼が微笑む。

――十五歳のころは、知らなかった。虹大がキスしてるとき、こんなに熱っぽい目で見つめてくるなんて。

あのころの彼は、もっとクールで、もっと大人びて見えた。だけど、それもまた彼が自分を守るために着ていた鎧だったのかもしれない。そう思うと、今の虹大は凛世の前でほんとうの自分をさらしてくれている。

「嬉しい……」

「凛世？」

「虹大が、わたしの前でちゃんと虹大でいてくれるの。それが嬉しい」

指と指を絡めて、虹大が凛世の手を握った。きゅっと甘く握られて、心まで彼の手の中に包み込まれている気がする。

「しても、しても、足りない」

「……キスが？」

「キスも、それ以外も足りないよ。凛世不足で呼吸困難になる」

だから、もっと。

彼はそう言って、唇を重ねてくる。

「何が足りないのか、教えて……？」

「唇も、頬も、耳も喉も肩も鎖骨も、ほかも全部言おうか？」

「……じゅうぶん、です」

「いくらでも言えるよ？　凛世が聞いてくれるなら――」

「もぉいいですっ！」

自分からキスすると、虹大がすぐに舌と唇で応えてくれる。

触れ合う肌が気持ちよくて、息が上がるのを止められない。

「好きだよ、凛世。今日もいっぱい愛し合おうね」

「……う、う。適度に、適度にね？　いっぱいすぎると、愛がすぐなくなっちゃうかもしれない」

「俺の愛は無尽蔵だから、心配しなくていいよ」

「ん、ぁッ……！」

鎖骨に軽く歯を立てて、舌で素肌をあやされる。性感帯そのものではない場所も、虹大にキスされるとすべて敏感になってしまう。

「全部、俺のものになって？」

「ぜん、ぶ……」

長い指が、すうと凛世の脚の間を這う。キスされただけで濡れはじめた柔肉を、彼の親指がくいと広げた。

「ひぅ……ん！」

蜜口からあふれたものが、虹大の指を伝っていく。とろとろに濡れて、凛世の体は彼を求めていた。

「凛世は、ここいじられるの好きだよね。指でされるのと、舌でされるのと、吸われるの、どれがいい？」

「そ、んなの……」

彼にされることを考えるだけで、隘路がひくりと震えた。どれも感じるのを知っている。虹大はいつだって、丁寧に凛世を溶かしてしまうのだ。

「ああ、全部？　ほしがりだね。いいよ」

「言ってな……あ、あっ！」

つぷ、と二本の指が凛世の中に突き入れられる。決して傷つけないよう、彼の触れ方はいつだって優しい。けれど、今日はそれがもどかしかった。

「ぁ、あ……」

「それから、舐めて、吸ってあげる」

「虹大……っ……」

れろ、と赤い舌先が凛世の花芽を舐った。間髪を容れず、彼の唇が包皮ごと感じやすい突起を食む。そして、そのまま――。

「んぁッ、吸うのやっ、あっ、ああっ……！」

強く柔く吸いながら、狭隘な蜜路を指が往復する。ときにふう、ふう、と息を吹きかけられ、頭の芯が狂おしいほどの快感に苛まれる。

「このまま、一回イッちゃおうか？」

「き、っもちぃ……、あ、あ、イク、イクの、もぉイクぅ……ッ」

「いい子だね。いいよ。イカせてあげる」

濡れた指で花芽を撫でられると、もうどうしようもないほどの悦楽が心を奪った。凛世は高い声で夫の名前を呼び、愛に果てる。その間も、虹大の屹立したものが先端から透明なしずくを滴らせていた。おかしいほどに太く張り詰め、亀頭が今にも破裂しそうに見える。

——それでも、まだ……？


「りーせ、俺のがそんなに気になる？」

「だ、だって、わたしばっかり」

「俺は凜世が感じてるのを見るのが好きだよ。それに、これ、挿れちゃったら凜世に聞けなくなる」

「何を……？」


彼は淫靡に舌なめずりをし、凜世の頬を親指でなぞった。


「ああ、つながってから聞くのもいいかな」

「待って、何を⁉」

「それは、あとのお楽しみ」


両手で太腿をつかみ、虹大が凜世の体を開かせる。濡れた互いの粘膜が触れ合うと、ピクッと双方の体が震えた。


「は……、凜世のすごく熱い」

「虹大のほうが、熱いよ」

「どうだろう。ナカも確認させて」

「ぇ……あ、あっ、嘘、今日、つけてな……っ、あ、あっ」

挿入前に着けるものとばかり思っていたが、彼は避妊具なしに凛世の蜜口に亀頭をめり込ませた。すでに先走りでたっぷりと濡れた部分だ。

——どうしよう。赤ちゃん、できちゃう。

「そんなに困った顔されると、ますます興奮するんだけど？」

「ばかぁ……」

半分ほど埋め込んだところで、虹大がゆるゆると腰を揺らした。シーツの上に、凛世の長い髪が広がる。まるで小舟が風に揺られているように、ふたりの動きが波を作っていく。

「さっきの、聞きたい」

「ん……っ」

「凛世のいちばん奥に俺のを押し当てて、聞きたいんだ」

——だから、何を……？

ずぷぷぷ、と虹大が腰を一気に押し進めてくる。体の内側に自分以外の存在があるというのは、何度体験しても奇妙な感覚だ。

最奥に突き当たる瞬間、彼は凛世の胸を口に頰張る。

「ひ、やぁッ、一緒にするの、ダメ……っ」

「かわいいよ。ナカ、また挿入するだけでイキそうになってる」

「虹大が、んっ、胸もするから……」

「凛世の体、どこもかしこも甘くておいしい。もっと食べさせて、もっと」

ぬちゅ、ぐちゅ、と奥を重点的に刺激される。脳まで痺れる快感に、凛世は口を開けて酸素を欲した。

「ねえ、もう一度言って」

「んっ……、ぁ、あっ、何を……？」

ベッドの上で凛世を貫く彼がねだるように言う。彼の声のほうが、ずっと甘い。

「俺の子どもがほしいって、もう一度聞かせてよ」

「っっ……！」

——まさに今、避妊なしでこういうことをしている最中なのに!?

赤面した凛世の隘路で、虹大の劣情がどくんと脈を打つ。子宮口に鈴口を押しつけた状態で、そんなことを言わせるのはずるい。

「ね、言って、凛世」

腰を動かしながら、彼が凛世のひたいにキスをした。

「や、う、動かれたら言えない……っ」

「言えるよ。ね、俺にどうしてほしいのか、教えて？」

「ああ、あっ、奥、ダメぇ……！」

「違うでしょ？　さっきみたいに、聞かせてほしいな」

彼のキスが、ひたいから瞼へ、頬を伝って唇に下りてくる。

その間も、虹大は凛世の子宮口を絶え間なくノックしていた。

避妊具一枚の差なんて、実際にははっきりわかるわけじゃない。だけど、何にも隔てられることなく彼とつながっている。その気持ちは、ぜんぜん違って感じた。

「……っ、好き、だから……」

「うん？」

「好きだから、虹大と……ちゃんと、家族に……」

「そうじゃなくて、もっと俺を興奮させるように言ってくれる？」

「い、いじわる……！」

「バレたか。俺、凛世限定でいじわるしたくなる。好きな子にしかしないよ」

「や、あっ、ぁ、奥、すごい……っ」

「いつもより感じてるね。俺も、そろそろやばそう」

だから、早く言って。

耳元で囁かれて、凛世は大好きな人に微笑みかける。

快感は、毒だ。脳まで冒す中毒性の高い毒。

以前、虹大は凛世のことを悪いおくすりのように言ったことがあるけれど、彼と分け合

うこの快楽こそが依存性の高い愛情の行為と言えるだろう。

「虹大の……ほしいの……」

「っは、やばい。何、その言い方。どこで教わってきたんだよ」

「そんなの、虹大しかいない……、ん、んっ」

「奥に出すから、もっと言って。俺のこと、いくらでも煽って。凛世を抱くために、ここにいるんだよ」

「虹大の全部、わたしにちょうだい……？」

彼の肩に腕を回して。

凛世は浅い呼吸のまま、何度も繰り返す。

「好きだから、全部ほしいの。あ、あっ、虹大の、全部、わたし……に……」

「俺はいつだって、全部凛世のものだよ。奥に、出していい？　俺の、凛世が受け止めてくれる？」

「ん、んっ……」

加速した情欲に突き動かされ、凛世も彼の動きに合わせて腰を揺らした。

「やらしくて、かわいいよ。俺のをほしがって、迎え腰で、こんなにはしたなくナカもうねらせてる」

「だって、虹大のせい、だから……っ」

「そう、俺のせい。俺のせいで、凛世は感じやすくなるんだよ。ナカに出したら、一緒にイッてくれるかな」

「ぁ、あっ、もぉ……っ」

「イキそう？　だったら、俺も……」

打擲音が高まり、ふたりの息が上がる。

どうしようもないほど好きだから、こんなに感じるのだ。

この人でなければ、意味がない。

この人でなければ、自分をさらけだすことなんてできない。

——虹大じゃなかったら、わたしはきっと……。

「好き、大好き……」

「俺も、愛してるよ、凛世」

切羽詰まったかすれ声が、愛しくてたまらなかった。

体の内側で、彼の脈動を感じる。

根元から先端に向けて、精を吐く準備が整っていく。凛世の粘膜もまた、虹大を引き絞って達する直前まできていた。

「ナカ、すごいきゅんきゅんしてる。凛世の、俺を扱いて吸い付いてくるね」

「虹大、も、ダメ。ほんとに、イク、イッちゃいそ……あ、あっ」

「いいよ。一緒にイこう。凛世、好きだ……っ」

どこからどこまでが、自分なのか。どこからが彼なのか。

ふたりの境界もわからないほど、どろどろに溶け合っていく。か弱い粘膜を擦り合わせ、体液を混ぜ合わせ、心と体をひとつにする。

――このまま、溶けてしまえたらいいのに。

「ぁあ、あ、ダメ、イク、イクぅ……ッ」

「凛世、俺も……。イクよ、出る。全部、凛世のナカで受け止めて……！」

最奥に激しく打ちつけて、虹大がぶるりと身震いした。

最初の一滴が子宮口に迸った瞬間、凛世はつま先をひくつかせて達してしまう。

「ぁ、ぁ、出てる……、虹大の、出て、る……」

遂情しながら、虹大が凛世にくちづけた。

こんな幸せがまだあるだなんて、愛はどこまで深いのだろう。どこまで、この人を好きになってしまうのだろう。

「す、き……」

「俺だけの、凛世。かわいい……」

つながる部分から、あふれた白濁が凛世の臀部に伝う。

「あふれてきちゃったね」

「ん……」

目を閉じて、凛世は彼の体にぎゅうとしがみついた。

そのとき、ふと違和感を覚える。

――え？　あれ？　なんで？

吐精によって、力をなくすはずの虹大の劣情が未だ昂ぶったままなのだ。それどころか、果てたあとだというのにいっそう張り詰めている。

「こ、虹大、どうして……？」

「どうしてだろうね。きっと、凛世がかわいいせいだよ」

「っっ……！」

「ということで、もう一回、俺に愛されてくれるよね？」

「あ、待っ、待って、お願い、十秒、休ませて……！」

「十秒？　じゃあ、十秒間思い切り突いたら、十秒間お休みにしよう。凛世が数えてね」

「！　う、うそ、本気で……」

「行くよ、凛世」

十秒ルールなんて、すぐになかったことになる。

もちろん反故にされたのは、休憩のほうだ。突き上げつづける彼の体力と、激しい愛情に揺さぶられて、凛世は目を閉じた。

幸福を、この腕に抱きしめている。未来を、抱きしめている——。

・・・・・・|・・・・・・・・・・・|・・・・・・

春告の沈丁花が、空気を甘く香らせる。三月、街を歩く人々は明るい色の洋服をまといはじめた。

凛世の働く吉祥寺駅近くのホクラニコーヒーは、店の入り口に春の花で寄せ植えを飾っている。コーヒーショップは、案外季節感がないものだ。春には一応桜メニューを取り入れるが、コーヒーに一途なお客さまは浮気をしない。

「いらっしゃいませ。ご注文はお決まりですか？」

仕事中は指輪をはずす凛世が、いつもの笑顔で昼過ぎの常連客に応対する。

「なんだか、もう桜が満開ね」

「はい。桜のメニューもございます」

「そうだったわね。じゃあ、おすすめを教えてくれる？」

年配の女性は、近所の税理士事務所で長年勤めていると以前に言っていた。混雑する時間帯でなければ、常連客とは多少の世間話もする。

「そういえば、ここのビルの空き部屋、やっと埋まったみたいね」

「あー、はい。そうみたいです、ね」

微妙に返事が鈍いのは、その空き部屋を借りた人物について覚えがあるせいだ。先月から、ホクラニコーヒーのあるビルの四階に虹大が事務所を構えた。以前にちらりと話していた、プライベートサウナの準備を始めたらしい。

「春は、なんだか新しいことが始まるからウキウキするわね。それじゃ、また来るわ」

「はい。いつもありがとうございます」

客足が途切れたタイミングで、店の電話が鳴った。

「いつもありがとうございます。ホクラニコーヒー吉祥寺店です」

『凛世、悪いんだけどコーヒーのデリバリーをお願いしていいかな？』

かかってきたのは、先ほどの話にあった四階のオフィスにいる虹大からの電話だ。

同じビル内ということで、会議のときなどはコーヒーポットでの配達をしている。虹大は、店の混雑時間帯を避けてくれるので良いお客さまだった。

「かしこまりました。何名さま分をお持ちしますか？」

『大きいポットをひとつ、カップはオフィスのを使うから不要だよ』

「はい。お時間はすぐにお持ちして大丈夫でしょうか？」

『うん。きみにすぐ会いたいよ、凛世』

――ほんとうに、この人は！

凛世は、頬が緩みそうになるのを必死にこらえる。凛世は仕事中で、店内にはスタッフもお客さまもいるのだ。

「それでは、十分ほどでお持ちいたします。ご注文ありがとうございました」

返事を待たずに切ったのは、接客として完全にアウトだとわかっている。けれど、まだ新婚のふたりの会話は、凛世がどんなに平静を装っていてもすぐスタッフたちにバレてしまう。

「店長、上にお届けですか？」

「……そう。大ポットひとつで」

「じゃあ、準備します。お届けは店長が行かれるんですよね」

「…………ハイ」

——ほら、またバレてる。

そもそも、虹大がオフィスを借りたとき、店にたっぷりの差し入れを持って挨拶に来たせいだと思う。顔が良くて声が良くて、背が高くて笑顔の印象的な『店長の結婚相手』なんて、誰だってすぐに覚えることを彼は——知っていて、やっているのだ。

「店長、準備できました」

「ありがとう」

ポットその他を両手に持つ凛世に、バイトの夢見がにっこり笑いかけてきた。

「今、お店空いてるから大丈夫ですよ?」

「ん?」

「ちょっとなら、いちゃいちゃしてきてもＯＫってことです」

「……行ってきます」

逃げるように、店の外に出て寄せ植えの揺れる花を横目に歩いていく。コーヒーショップとは別に、ビルの入り口があるのだ。

エレベーターに乗って四階に着くと、オフィスの入り口を背にして虹大がスーツ姿で待っている。

「お待たせしました。ホクラニコーヒーです」

「凛世」

幸せそうな彼が、さっとポットを受け取ってくれた。

「中に入って、一緒に少し休まない?」

「え、会議じゃないの?」

オフィスの中は、窓が開いていたのかデスクに桜の花びらが二枚。

けれど、コーヒーを注文されるからには会議だろうと思っていたのに、虹大しかいない。

なぜ注文を、と思ってから、凛世は小さくため息をついた。

「虹大、これはどういうことかな?」

にこ、と笑いかけると、彼はさらなる笑顔で、

「凛世に会いたくて、コーヒーを注文しました」

素直に自己申告してくれる。わかっていた。わかっていたけれど。

「ええ……、経費の無駄遣い、よくない……」

自分の店の経費計上を考えると、つい余計なことを言ってしまった。彼の会社は、今のところそれほど経費云々は気にしていないらしい。

「いいだろ。どうしても会いたかったんだよ。俺のかわいい凛世ちゃんに」

「わたしも会いたいけど、仕事中でしょ？」

「今だけ、休憩」

「もー、またバイトの子たちに冷やかされるー」

「照れてる凛世もかわいいよ」

「……虹大って、けっこうイジワルだよね？」

ポットからカップにコーヒーを注ぐと、いい香りがオフィスに広がっていく。

彼は椅子に座り、カップを手に取る。

「そう？　溺愛してるつもりだけど足りなかったかな？」

「それは、そう。うん、愛されてます。じゅうぶん、たっぷり！」

「足りないなら、今から――」

「ここは会社でしょ！」

握られた手を、ぱっと引き剝がした。

「じゃあ、帰ってからにしよう。俺の愛をいくらでも試して、確認してよ」

彼の言いたい愛の確認が、何を指しているか凜世もしっかり理解している。お互いに、毎晩たっぷりと確認しているのだから。

——いつまでも、やられっぱなしだと思わないでね？

凜世はふふ、と笑って彼を見つめる。

窓の外を、桜が散っていく。

「…………虹大も、覚悟してね？」

「ん？」

「わたしの愛を思い知らせてあげる！　たっぷりと！」

言い逃げ上等。凜世は、足早にオフィスをあとにした。

エレベーターを待っている間、あまり期待されすぎるとこちらが自爆する羽目になる、と頭を抱えて。

——でも、大丈夫。わたしも虹大に負けないくらい、大好きなんだから。

幸せを分け合う夜の前に、午後もがんばって働こう。来たときと同じルートで店に戻ると、レジに見覚えのある男性が立っていた。

「……胡桃沢先生？」

「あ、いたいた。コーダイの奥さん。こんにちは」

催眠療法クリニックの院長で、虹大のアメリカ時代の友人、胡桃沢だ。

「いらっしゃいませ。えーと、なぜお店に……」

「この前、コーダイから新しいオフィスを構えたと聞いたんだけど、一階が奥さんのお店だっていうからせっかくだしコーヒーを買いに来たんだ。ところで、この桜のラテというのはどういう商品？」

「あ、はい、こちらは——」

なぜかわからないが、突然やってきた胡桃沢が凛世の説明を聞いて満足そうにうなずいている。

——でも、なんで突然？

「接客業のわりに、感情が顔によく出ていますね」

「えっ、す、すみません」

「いえいえ。実は、コーダイとあなたにお願いがあって来たんです」

「はい。なんでしょうか？」

「六月に結婚式をすることになったので、おふたりで参加してもらえますか？」

「！　おめでとうございます」

「ありがとうございます。コーダイが幸せそうにしているのを聞いていたら、僕も結婚する気になりました。彼のおかげだと、婚約者が喜んでいます。そのうち二人にも紹介させてください」

「は、はい」

――わたし、何もしてないけど。

これも、ある意味、内助の功になるのだろうか。

幸せが伝染していくのはいいことだ。みんなみんな、幸せであればいいと凛世は願う。


さて。

オフィスにひとりで残された虹大は、赤面しつつ、嬉しそうに、

「凛世にはかなわないよ、ほんと」

ひたいに手を当てて楽しげな笑い声をあげた。

窓の外には、春がやってきている。

そう遠くないうちに、明日見家にも春の知らせが来るだろう。

「今夜を楽しみにさせてもらおう」

彼のオフィスに古い友人が訪れるまで、あと五秒。

凛世と会ってきたと聞いて、虹大が「は？　俺の凛世に勝手に話しかけないでくれ

る?」と不機嫌になるまで、あと二十四秒。
夜、虹大が凛世に「さあ、愛を確かめさせて」と微笑みかけるまで六時間四十一分。
新しい家族の命が確認できるまで、あと——。

新しい季節を、これからふたりで、いずれ三人で。
ウェディングフォトを飾ったフォトフレームの隣に、いくつもの思い出を並べていく。
これから先の未来は、いつだって笑顔と幸福に満ちているだろう。

あとがき

こんにちは、麻生ミカリです。オパール文庫では二十六冊目となる『この結婚、なかったことにしてください！　初恋の彼に催眠アプリを使ったら極甘新婚生活が始まっちゃった!?』をお手にとっていただき、ありがとうございます。

前々から思っていましたがオパール文庫さんってほんとうに懐の深いレーベルです。ヒーローはハイスペックが当然のジャンルで、社長御曹司医者弁護士とスーパーエリートが多い中、今回は無職ヒーローです！　無職とはいえ、資産家。でも書きたいのは貧乏ヒーローということでもなく、仕事をがんばる主人公を支えて励ましてくれる男性像でした。家事のできる虹大を書くのはとても楽しかったです。

オパール文庫は今月で十周年、ほんとうにおめでとうございます。創刊を書かせていただいて十年。感慨深いです。オパール文庫もわたしも、十年生き残ってきた同士ですね！

イラストをご担当くださったうすくち先生、虹大が凛世を好きで好きでたまらないのが伝わってくる表情が最高でした。いや、すべて完璧すぎて言葉にならない！　華やかなカバーイラストもたまらなかったです。ステキなイラストをありがとうございます。

最後になりますが、この本を読んでくださったあなたに最大級の感謝を込めて。

またどこかでお会いできますように。

オパール文庫をお買いあげいただき、ありがとうございます。
この作品を読んでのご意見・ご感想をお待ちしております。

◆ファンレターの宛先◆

〒102-0072　東京都千代田区飯田橋3-3-1
プランタン出版　オパール文庫編集部気付
麻生ミカリ先生係／うすくち先生係

オパール文庫Webサイト
https://opal.l-ecrin.jp/

この結婚(けっこん)、なかったことにしてください！

著　者——麻生ミカリ（あそう みかり）
挿　絵——うすくち
発　行——プランタン出版
発　売——フランス書院
〒102-0072　東京都千代田区飯田橋3-3-1
電話（営業）03-5226-5744
（編集）03-5226-5742
印　刷——誠宏印刷
製　本——若林製本工場

ISBN978-4-8296-5542-9 C0193

Opal Label オパール文庫

Op5516

好評発売中!

Opal Label オパール文庫
愛してはいけなかったのに
御曹司は幼馴染みを諦めない
麻生ミカリ
Mikari Asou
芦原モカ
Illustration
全部、俺のものだ。誰にも渡さない——
初恋相手の理玖と再会した千莉。
亡き親友との約束から、彼だけは好きにならないと決意する
けれど……。諦めない御曹司と切ない愛。
Op8489
好評発売中!